Christoph Mauz • 1:1 für Tscho

OMNIBUS

Foto: © privat

DER AUTOR Christoph Mauz, geboren 1971 in Wien, ist gelernter Buchhändler, Verlags-mensch, Student der Volkskunde und Tormannwunder des 1. FC Kai-serwiesen. Er lebt mit seiner Frau, Katze und Videosammlung in Wien zwo, wo auch seine schräg-humorigen Romane, Geschichten und Ge-dichte für Kinder und Erwachsene entstehen. Sein Erstling »1:1 für Tscho« wurde in die Ehrenliste zum Österreichischen Kinderbuchpreis aufgenommen.

Weitere Titel sind in Vorbereitung.

Christoph Mauz

1:1 für Tscho

Mit Illustrationen
von Peter Walkerstorfer

Band 20702

Der OMNIBUS
Taschenbuchverlag
gehört zu den Kinder- &
Jugendbuch-Verlagen
in der Verlagsgruppe
Random House
München Berlin
Frankfurt Wien Zürich

Für Tschick und Fezlik,
auf deren Freundschaft
ich sehr stolz bin.

Umwelthinweis:
Dieses Buch wurde auf chlorfrei gebleichtem
Papier gedruckt.

Erstmals als OMNIBUS Taschenbuch Juli 2001
Gesetzt nach den Regeln der Rechtschreibreform
© 1998 Dachs Verlag, Wien
Alle Rechte dieser Ausgabe vorbehalten durch
OMNIBUS Taschenbuch / C. Bertelsmann Jugendbuch
Verlag, München
in der Verlagsgruppe Random House GmbH
Umschlagbild: Edda Skibbe
Innenillustrationen: Peter Walkerstorfer
Umschlagkonzeption: Klaus Renner
Kn · Herstellung: Peter Papenbrok
Satz: Uhl + Massopust, Aalen
Druck: Presse-Druck Augsburg
ISBN 3-570-20702-1
Printed in Germany

www.omnibus-verlag.de

10 9 8 7 6 5 4 3 2 1

Inhalt

Der Tscho stellt sich und seine Familie vor

Mein Name ist Joseph Netzwerker und ich bin zwölf Jahre alt, gehe in die zweite Klasse Gymnasium und esse gerne Cordon bleu mit Pommes.

Ich habe zwei Omas und einen Opa. Die Nowak-Omi (die Mama hat, bevor sie den Papa geheiratet hat, Nowak geheißen) nennt mich »Peppigoschi« oder nur »Goschi«. Ihr Mann, der Nowak-Opa, ist leider schon tot gewesen, bevor ich auf die Welt gekommen bin.

Die Netzwerker-Oma ist die Mama vom Papa und hat früher einmal Wobrschalek geheißen. Nur der Netzwerker-Opa hat immer schon Netzwerker geheißen. Die Netzwerker-Oma sagt »mein Goldener« zu mir und der Opa nennt mich meistens nur »Bub« oder »Burli«.

Außerdem habe ich noch eine fünfzehnjährige Schwester, die Babsi heißt und mich »kleiner Vollkoffer« nennt. Das ist mir aber wurscht, weil ich dafür zu ihr nur »Blunzenstrickerin« sage, und das ist sowieso viel ärger als »kleiner Vollkoffer«.

Der Freund von meiner Schwester möchte gerne ein bisserl wie der Elvis Presley ausschauen und hätte halt gerne, dass man zu ihm »Tschango« sagt, weil es ihn ärgert, dass ihn seine Eltern Willibald getauft haben, und ihm oft jemand nachruft: »Willibald! Die Hose knallt!« So sag ich halt »Tschango« zu ihm und er sagt zu mir »Tscho«, weil das seiner Meinung nach »urcool« und »voll Hölle« klingt. Meistens ruft er nur: »Tscho, willst du ein ›Rack ent Rola‹ sein, dann sei ein ›Rack ent Rola‹!« Dazu wackelt er ganz komisch mit den Hüften und mit seinem Popo. Dabei wäre ich lieber ein Astronaut als ein »Rack ent Rola«, weil ein Astronaut ins Weltall fliegt, und was ein »Rack ent Rola« den ganzen Tag macht, weiß ich sowieso nicht. Aber mein Papa sagt, dass ich etwas Anständiges lernen soll und dass es sicher noch nie einen Astronauten gegeben hat, der laut herumbrüllt und dauernd vor dem Fernseher sitzt, so wie ich.

Ein Astronaut, sagt er, ist ein besonnener, gebildeter Mensch und keinesfalls eine kolossale Nervensäge. Ich selber habe noch keine Freundin, sondern nur eine heimliche Liebe. Die heißt Evi Plott und ist sehr nett und auch sehr hübsch. Ich finde, dass die Plott Evi, wenn sie lächelt, ausschaut wie eine Mischung aus Pippi Langstrumpf und der Sängerin »Blümchen«.

Doch ist mir die Evi hundertmal lieber, weil diese »Blümchen« gesangsmäßig nicht unbedingt mein Typ ist. Eher was für die Babsi. Aber die Blunzenstrickerin steht ja auch auf den Angelo von der Kelly Family.

Was die Plott Evi von mir hält, weiß ich leider nicht, weil

ich mich nicht fragen trau, ob sie mich vielleicht auch nett findet und mit mir ins Kino gehen will oder auf ein Eis. Weil wenn ich mit der Plott Evi auf ein Eis oder ins Kino gehe, steht sicher am nächsten Tag »Tscho und Evi – Verliebt, verlobt, verheiratet!« auf der Tafel und alle kichern blöd. Und die Evi und ich schauen blöd aus der Wäsche und mein Gesicht verfärbt sich ins peinlich berührte Paradeiserrot.

Von allen Namen, die man mir den ganzen Tag so gibt, finde ich Tscho eigentlich am besten. Besser als Peppigoschi auf jeden Fall. Doch weder meine Mama noch mein Papa wollen Tscho zu mir sagen. Der Papa sagt immer, dass ich ja kein Cowboy bin, und die Mama meint, dass Tscho halt überhaupt nicht zu mir passt.

Mein Papa ist Buchhändler mit einem eigenen Geschäft, auf das er sehr stolz ist, und meine Mama ist Elektrikerin und um einen Kopf größer als der Papa. Der Papa sagt meistens »mein Sohn« zu mir oder »Joseph« und meine Mama ruft mich »Peppi«.

Eigentlich habe ich zwei supergute Eltern, die nur selten mit mir schimpfen, und Ohrfeigen gibt's bei uns sowieso nicht. Nur der Papa stöhnt manchmal und fragt dann den lieben Gott, warum es »auf Kinder kein Remissionsrecht gibt«. Was ein Remissionsrecht sein soll, weiß ich leider auch nicht. Aber es muss etwas sehr Schönes sein, weil der Papa oft beim Nachtmahl davon erzählt, wenn er besonders gut aufgelegt ist.

Die Babsi hat gemeint, dass dieses Wort aus dem Lateinischen kommt und etwas mit »zurückschicken« zu tun hat. Sie lernt nämlich schon Latein in der Schule und kommt sich urwichtig vor.

Da hab ich sie ausgelacht und ihr den Vogel gezeigt und gesagt: »Du spinnst ja! Seit wann kann man denn seine Kinder zurückschicken?« »Lach nur, kleiner Vollkoffer! Wirst es schon noch merken!«, hat die Babsi mich angeschrien und dann ist sie in ihr Zimmer gestampft. Der Papa redet überhaupt gern von seinem Beruf. Von der Verantwortung des Unternehmers und vom Bildungsauftrag des Buchhändlers.

Die Mama redet lieber über die Freizeit; über das Fußballspielen und ihre Damenmannschaft und über das nächste Wochenende, wenn sie wieder bei einem Match im Tor stehen kann.

Ich bin ja selber auch ein Fußballer und spiele bei der Schülermannschaft von dem Verein, bei dem die Mama im Tor von der Damenmannschaft steht. Das ist der FC Olympia Nordbahn, der beste Verein auf der ganzen Welt, obwohl wir keine berühmten Fußballer haben. Dafür haben viele von unseren Fußballern Goldketterln und können genauso einen tollen Torjubel veranstalten wie die Kicker im Fernsehen. Ich zum Beispiel kann schon fast die »Tscho-Rolle«. Mein Trainer meint aber, dass man nicht nach jedem Tor einen Salto schlagen muss. Vor allem dann nicht, wenn er so »patschert« ausschaut wie meiner.

Mein Papa war bis vor ein paar Wochen völlig uninteressiert am Fußballsport. Es hat ihn nie interessiert, welche Spiele gerade im Fernsehen übertragen wurden, wer Torschützenkönig geworden war und warum der Schiedsrichter ein Trottel war. Alles, was nur irgendwie mit Fußball zu tun gehabt hat, war ihm wurscht.

Ich glaube, es war ihm sogar ein bisschen zuwider. Die Mama hat mir einmal unter dem Siegel der Verschwiegenheit erklärt, dass der Papa früher sehr wohl fußballinteressiert war und sogar in der Schülerliga gespielt hat, als Linksaußen. Aber er hat immer auf der Ersatzbank sitzen müssen, wenn seine Schule gegen eine andere Schule gespielt hat. Weil er auch damals schon »eine Schnecken« war. Diese Schmach hat der Papa eben der gesamten Fußballwelt nicht verziehen. Das ist aber ein großes Geheimnis und ich darf es niemandem verraten, weil sonst der Herr Irrsigler, der mit dem Papa in die Schule gegangen ist, mit dem Papa Ärger bekommt. Der Herr Irrsigler hat der Mama das mit der Ersatzbank nämlich auch nur unter dem Siegel der Verschwiegenheit erzählt.

Der Papa konnte jedenfalls Wochenenden nicht ausstehen. Weil die Mama immer am Freitagabend ihr »Match« gehabt hat und ich immer am Sonntagvormittag, hat der Papa zweimal in der Woche auf den Fußballplatz gehen müssen, obwohl er lieber zu Hause in seinem Zimmer sitzen geblieben wäre und ein gutes Buch gelesen hätte. Jeden Freitag hat er sich wie ein kleines Baby aufgeführt, wenn ihm die Mama das Kapperl mit den Vereinsfarben aufgesetzt und den Vereinsfanschal umgebunden und ihm die selbst gebastelte Clubfahne in die Hand gedrückt hat. Da ist er dann in unserem Vorzimmerschlauch gestanden und hat gegreint und sich jammernd gewunden, dass ihn einer seiner Kunden vielleicht so sehen könnte und dass das schlecht fürs Geschäft ist, wenn er in dem Aufzug auf die Straße geht.

Aber die Mama hat, wenn es drauf ankommt, einen ziemlichen Dickschädel und setzt sich auch fast immer durch. Bevor wir die Wohnung verlassen haben, hat sie dem Papa noch den Schal und das Kapperl gerade gerückt und kontrolliert, ob der Papa die Fahne nicht wieder vergessen hat. Das ist ihm nämlich noch jedes Mal passiert, dass er die Fahne vergessen hat, und jedes Mal hat sie die Mama hinter der Türe wieder hervorgeholt und den Papa böse angeschaut und der Papa hat zu quengeln begonnen und gefleht: »Mausi! Bitte, kann ich nicht wenigstens die Fahne weglassen, ich meine, was …?« Weiter ist er nicht gekommen, weil die Mama einfach »Schweig!« gerufen hat. So hat der Papa eben mir die Fahne zu tragen gegeben, weil ich erstens der Kleinste in der Familie bin und weil ich sie zweitens gerne trage. Die Babsi und der Willibald-»Tschango« sind fast nie mit auf den Fußballplatz gegangen, weil die Babsi sich für Fußball nicht interessiert hat und der Tschango alles das machen muss, was die Babsi will.

Am Fußballplatz hat der Papa immer vergessen gehabt, dass ich die Fahne habe. Jedes Mal habe ich zu seinem Platz laufen und ihm die Fahne bringen müssen. Komischerweise hat er sich darüber überhaupt nicht gefreut, sondern nur gebrummt: »Danke, mein Sohn, vielen herzlichen Dank!« Und dreingeschaut hat er, als hätte die Omi gesagt, dass es heute Fischgulasch gibt. Wenn die Mamamannschaft dann gewonnen hat, war aber plötzlich alles ganz anders. Dann ist der Papa freudestrahlend auf die Mama zugelaufen, hat ihren Arm gepackt, ihn in die Höhe gerissen und jedem, der ihm über den Weg gelaufen ist, zugerufen, dass diese wundervolle Torfrau sein Eheweib und die Mutter seiner Kinder ist, obwohl das die Leute überhaupt nicht interessiert hat. Die haben den Papa nur ziemlich verwundert angeschaut. Oder: Wenn ich am Sonntag ein Tor geschossen habe, dann hat der Papa sofort allen Sitznachbarn erzählt, dass ich sein Sohn bin und sein Talent geerbt habe. Das kann aber nicht wirklich sein Ernst sein! Wenn ich dem Papa sein Talent geerbt hätte, dann könnte ich nicht einmal unterscheiden, ob der Ball rund oder eckig ist, und »eine Schnecken« wäre ich auch.

Also, wenn wir gewonnen haben, ist der Papa wie gesagt super duper fröhlich gewesen, hat der Mama ein Bier und mir ein Eis und ein Cola gekauft. Wenn wir verloren haben, hat er wie ein Rohrspatz über die vergeudete Zeit geschimpft, in der er »spielend die komplette Buchhaltung fürs Geschäft gemacht hätte«, wenn er nicht mit der Mama und mir unnötigerweise auf den Fußballplatz hätte gehen müssen. Ich habe mir immer gedacht, der Papa verkauft die Bücher und hält sie nicht nur in der Hand. Aber wenn ich ihn über das Bücherhalten und das Bücherverkaufen ausfragen will, wird er noch grantiger und sagt, ich soll nicht so blöde Fragen stellen, weil ihm »dieses enorm auf die Nerven geht«.

Trainersuche

Beim letzten Abschlusstraining vom FC Olympia Nordbahn hat unser Trainer, der Herr Irrsigler, gesagt, dass er uns bald nicht mehr trainieren kann, weil er und seine Familie in eine andere Stadt übersiedeln werden. Das ist sehr schade, weil wir den Herrn Irrsigler alle sehr gern gehabt haben und weil er mit uns nach jedem Training ein Elfmeterturnier macht und den Sieger auf eine Wurstsemmel und auf ein Cola in der Kantine einlädt. Wir haben ihn gefragt, wer denn unser neuer Trainer wird, und haben befürchtet, dass es vielleicht der Lewisch sein könnte, der die Jugend trainiert. Der ist nämlich urstreng und macht nie ein Elfmeterturnier. Die ganze Zeit brüllt der herum und ist grantig.

Aber der Herr Irrsigler hat gesagt, er weiß es auch noch nicht und er wünscht uns alles erdenklich Gute für unsere Zukunft und »Toi, toi, toi« für die Meisterschaft.

An diesem Abend war ich so ruhig und bedrückt, dass mich der Papa gefragt hat, ob ich vielleicht krank bin. Ich habe ihm erklärt, dass ich mir um meine Zukunft Sorgen mache und um die Meisterschaft. Der Papa hat mir erklärt, dass Kinder in meinem Alter sich gefälligst noch keine Sorgen zu machen haben, weil die noch nicht wissen, was Sorgen sind, und dann hat er mir auch noch erklärt, dass Fußball eh nur ein Spiel ist und ein zweiter Platz auch ganz schön ist.

»Mein Sohn«, hat er zu mir gesagt, »dabei sein ist alles!« Der hat vielleicht eine Ahnung! Wenn ich schon dabei bin, dann aber ganz vorne. Na wirklich wahr!

Die Mama hat mich dann gefragt, was wirklich los ist, und da habe ich ihr die Geschichte von unserem Trainer erzählt und sie hat genickt. Ich glaube, die Mama versteht nicht nur vom Fußball mehr als der Papa, und vom Glühlampenwechseln.

Die Mama hat nur gesagt: »Pass auf, Peppi. Ich versprech dir, ihr kriegt einen sehr netten Trainer!« Dann hat sie so komisch gelächelt, mir zugezwinkert und ist aus meinem Zimmer gegangen.

Ich hab noch ein bisschen mit meinem »Super Nintendo« gespielt und bin schlafen gegangen. Im Traum habe ich der Austria zehn Tore geschossen, dann hat mir der Trainer gratuliert und der Schuldirektor hat zu mir gesagt, dass ich sehr tüchtig bin und zum Ehrenschüler auf Lebenszeit ernannt werde, dass ich auf ewig von Hausaufgaben befreit bin und nie wieder Strafaufsätze schreiben muss, wenn ich etwas angestellt habe. Doch dann ist plötzlich der Trainer

Lewisch aufgetaucht und hat die Zähne gefletscht und gesagt, dass ich mir das ja schön vorgestellt habe und dass er mein neuer Trainer wird, und er hofft, dass ich eine Hornhaut am Hintern habe, weil die Ersatzbank, auf der ich in Zukunft sitzen werde, sehr hart ist. Der Lewisch hat nämlich auch immer auf der Ersatzbank sitzen müssen, als er noch gespielt hat. Ich bin schweißgebadet aufgewacht, aber das zähnefletschende Lewisch-Gespenst hat mich den Rest der Nacht über nicht mehr in Ruhe gelassen.

Am nächsten Morgen bin ich aufgewacht, weil ich gehört habe, dass die Mama und der Papa streiten. Ich hab mich gewundert, dass der Papa schon so munter ist, weil er seine Buchhandlung doch erst immer um halb zehn aufsperrt und vor acht Uhr nicht seine normale Betriebstemperatur erreicht, wie er sagt.

Die Mama hat zum Papa gesagt: »Lieber Karl! Das ist sehr wohl eine gute Idee! Schau dich einmal im Spiegel an! Mehr breit als hoch! Das schadet dir überhaupt nichts! Was man nicht weiß, kann man in Büchern nachlesen!« Der Papa hat immer nur gerufen, dass er sich entschieden abgrenzen muss und dass er doch von der Materie überhaupt keine Ahnung hat.

Ich habe natürlich wieder einmal nur Bahnhof verstanden und nicht kapiert, warum sich der Papa mit der Materie nicht auskennt, und mich gefragt, ob seine Materie so ähnlich ist wie die Materie, die im Raumschiff Enterprise im Motor ist und dauernd kaputtgeht, sodass alle in Gefahr kommen und hoffen, dass der Ingenieur Scotty es wieder einmal in der letzten Sekunde schafft, die Materie zu reparieren, bevor das Raumschiff explodiert.

Die Mama hat aber weiter mit dem Papa geschimpft und gesagt: »Du bist ein dermaßen fader Zipfl! Gegen dich ist das ›Wetter-Panorama‹ im Fernsehen wie ein Action-Film! So etwas Langweiliges hab ich ja überhaupt noch nicht erlebt!«

Der Papa hat daraufhin gezetert: »Ich und fad! So eine Frechheit! Und wer soll denn im Geschäft stehen, wenn ich mich mit den Buben an einer mir unbekannten Materie versuche! Das ist, bitte schön, nicht der Sinn der Übung, dass meine Buchhandlung zwei Nachmittage in der Woche verwaist!«

Da hab ich mich überhaupt nicht mehr ausgekannt. Was hat dem Papa sein Baucherl mit der Materie vom Raumschiff Enterprise und der Buchhandlung zu tun? Ich hab den Papa später beim Frühstück gefragt, ob seine Blähungen wirklich so schlimm sind, dass er zwei Nachmittage in der Woche nicht in die Buchhandlung gehen kann. Der Papa ist nur rot geworden und hat gestottert, dass er noch nie Blähungen gehabt hat. Die Mama hat gezischt, dass sie genau weiß, warum er das, was sie will, dass er macht, nicht machen will, weil er sich nicht traut und weil er ganz einfach Schiss hat, sich mit fünfzehn zwölfjährigen Buben zwei Nachmittage in der Woche und am Sonntagvormittag

zu beschäftigen. »Ich hab schön langsam beide Nasen-
löcher voll! Beschäftige dich mit deinem Nachwuchs und
schieb nicht immer die Buchhandlung vor, du Dickschädel,
du dicker!«, hat die Mama geschrien und die Babsi hat ge-
matschkert: »Wenn der Papa dem kleinen Vollkoffer sein
Trainer wird, dann muss er auch mit mir in Jazz-Dance gehen! Der und Fußballtrainer! Dass ich nicht kichere!«

Da habe ich endlich kapiert, warum sich die Mama mit
dem Papa gestritten hat. Die Mama wirft ihm schon seit ei-
niger Zeit vor, dass er keine Bewegung macht und außer
seiner Buchhandlung nichts mehr im Kopf hat. »Na Pfau!«,
hab ich mir gedacht. »Der Papa wird unser neuer Trainer!«
Der Papa hat aber gesagt: »Dem Herren ziemt es nicht, mit
Pöbel zu streiten!«, und die Mama und die Babsi waren deswegen einen ganzen Tag lang beleidigt und haben erst wieder mit dem Papa geredet, wie er der Babsi versprochen
hat, dass er ihr einen Backstreet-Boys-Kalender samt Kon-
zertticket besorgt und sich beim Konzert mit ihr in die erste Reihe stellen wird und dort mit ihr herumhüpfen wie ein
»aufgescheuchter Ziegenbock«.

Der Mama hat er feierlich gelobt, dass er mit ihr am Freitag nach ihrem Spiel zu ihrem Lieblingsschnitzelwirt gehen
wird und dann ins Kino den neuen Film mit diesem komischen Harrison Ford anschauen, weil den die Mama sooo
fesch findet. Darüber hinaus hat ihr der Papa sogar noch
hoch und heilig versprochen, weder beim Schnitzelwirt
noch im Kino Vereinskapperl und Fanschal abzunehmen.

Das hat der Mama irrsinnig gefallen und ich war irrsinnig beleidigt, weil ich nicht ins Kino mitgehen habe dürfen und die Nowak-Omi zum »Auf-mich-Aufpassen« gekommen ist. Den ganzen Abend hab ich ihr erklären müssen, wie es denn in der Schule ist und warum ein Superstürmer, wie ich nun einmal einer bin, längere Haare und ein Flinserl braucht.

Sie hat nur immer gesagt: »Ogottogottogott, Goschi, der Friseur läuft dir ja schon nach!«, oder: »Wennst mich gern hast, dann isst noch ein Stückerl Schnitzi!« Dabei hab ich sie auch so supergern, ohne dass ich Berge von Schnitzel in mich hineinstopfe. Na ja.

Jedenfalls hat die Mama vom Papa haben wollen, dass der Papa unser neuer Trainer sein soll, damit er etwas gegen sein Bäuchlein tut. Zuerst hat der Papa sich noch gewehrt, dass er unmöglich das Geschäft allein lassen kann. Da hat die Mama ihm gesagt, er soll gefälligst endlich eine Halbtagskraft anstellen für die zwei Trainingsnachmittage. »Und wenn sich die Babsi und der Willibald hineinstellen!«, hat die Mama gefordert.

Der Papa hat sich dann für eine Studentin »mit Buchhandelserfahrung« entschieden, die im »Anzeiger« inseriert hat. Die hat eine irrsinnige Freude damit gehabt und dem Papa versprochen, ihm die Doktorarbeit zu widmen, sollte sie je fertig werden. Da war der Papa sogar richtig gerührt und hat sich in den Vereinsfanschal geschnäuzt, weil der gerade bei der Türe gehangen ist und griffbereit war.

Dafür hat er sich von der Mama die Frage gefallen lassen müssen, ob er denn vielleicht einen Vogel hat.

Doch ganz wohl war ihm bei der ganzen Sache immer noch nicht. Zuerst hat der Papa herumgemault, dass er keine ordentliche »Ausrüstung« hat, dann hat er sich über seine mangelnde Erfahrung als »Kinderfußballtrainer« beklagt. »Mit dem bisserl Schülerliga, das ich seit fünfundzwanzig Jahren unverändert in den Füßen habe, werden die Buben sicher nicht Meister!«, hat er gegreint. Doch das hat ihm alles nichts genützt. Die Mama hat ihn finster angeschaut und erklärt, dass sie die fehlende Ausrüstung schon mit ihm besorgen gehen wird, und hat ihm dann obendrein noch eine lange Liste mit Büchern diktiert, die er sich gefälligst über seine Buchhandlung bestellen soll.

»Meistermacher sind noch selten vom Himmel gefallen«, hat die Mama geknurrt, »und die wenigen, die doch vom Himmel gefallen sind, haben leider den Fallschirm vergessen und sind relativ hart auf ihrem Hintern gelandet! Sei also froh, dass dein geduldiges Weib und dein überaus talentierter Sohn den Fallschirm für dich machen! Andere Väter haben das nicht!«

Der Papa ist dagestanden und hat mit beschlagenen Brillengläsern die Mama angeschaut und schluchzend gesagt: »Vom Himmel fallen werde ich nicht, sondern ich werde leicht wie eine Feder zu Boden schweben! Ihr könnt schon anfangen zu erzählen, dass ihr mit dem neuen zukünftigen Erfolgsschülertrainer vom FC Olympia Nordbahn verwandt seid. Bitte vergesst auch nicht zu erwähnen, dass der Herr Trainer eine Buchhandlung hat. So, und jetzt kommt her, damit ich euch alle an mich drücken kann. Ja, Babsi, du auch!«

Die Babsi hat zwar gemault: »Papa drücken? Uruncool!« Der Papa war aber trotzdem den ganzen Abend so, als wenn ihm die Mama eine Schaumrolle vom Zuckerbäcker Weihs mitgebracht hätte.

Der neue Trainer

Am nächsten Nachmittag ist die Mama mit dem Papa Fußballschuhe kaufen gegangen. Das war laut den Schilderungen der Mama Schwerstarbeit. Einen azurblauen Trainingsanzug und eine Armschleife, auf der »Spielführer« steht, hat ihm die Mama auch gekauft. Das war aber, laut Mama, geradezu ein Labsal gegen das Drama, das der Papa im Fußballschuhgeschäft veranstaltet hat. Man hat in seiner Jugend einfach so zum Spaß Fußball gespielt, sagt der Papa, doch heutzutage ist das ja anscheinend eine richtige Wissenschaft. Ob der Schuh weich oder hart sein soll, ob er luftgedämpft besser ist, wie viele, welche und wie hohe Stoppeln auf der Sohle für welche Platzverhältnisse er wohl benötigt. Das alles und lauter andere wichtige Sachen hat der Fußballschuhverkäufer vom Papa wissen wollen – und von der Mama, wie aus der Pistole geschossen, erklärt bekommen.

Angeblich war der Kopf vom Papa rot wie ein überreifer Paradeiser, als die Mama mit ihm aus dem Geschäft gegangen ist. Der Papa hält es nämlich überhaupt schwer aus, wenn die Mama von einer Sache mehr versteht als er. Ein

Kapperl, auf dem »Coach« steht, hat er auch noch verpasst bekommen.

Ich hab dem Papa das mit der Dämpfung, den Stoppeln und den Bodenverhältnissen am Abend sehr geduldig noch einmal genau erklärt und er ist ganz still gewesen, weil er so erstaunt war, dass ich das alles so gut weiß.

Am nächsten Tag auf dem Schulweg war ich echt aufgeregt, weil ich gespannt war, wie es meine Schulkollegen finden, dass mein Vater jetzt ein Fußballtrainer wird. Ein paar von meinen Mitspielern gehen ja auch in meine Klasse.

Der Erste, den ich getroffen habe, war der Budler Steffi. Doch der hat mir das nicht recht glauben wollen: »Tscho, erzähl mir keinen Schmäh! Dein Vater und ein Fußballtrainer!«

Ich habe mir gedacht: »Na, wart nur aufs nächste Training, da wirst schön schauen!«

Und weil ich mich so geärgert habe, habe ich zu ihm gesagt: »Dein Vater wäre sicher auch nicht besser als Trainer als mein Vater, weil mein Vater nämlich nicht so dick ist wie dein Vater!« Darauf hat der Steffi gerufen: »Mein Vater ist sicher nicht dicker als dein Vater und außerdem kann mein Vater nichts dafür, dass er dicker als andere Väter ist, weil mein Vater, bitte sehr, Redakteur bei einer Zeitung ist und Artikel über gutes Essen schreibt und daher leider auch sehr viel essen muss!«

»Trotzdem ist dein Vater dicker als meiner«, habe ich geantwortet.

Daraufhin hat mich der Steffi gestoßen und ich habe ihn geboxt, bis wir den Wastl getroffen haben, der bei uns im Tor steht und ziemlich kräftig gebaut ist.

»Was rempelts euch denn gegenseitig, ihr Schüttler?«, hat er interessiert gefragt.

Der Steffi hat geschnauft: »Der Tscho hat gesagt, dass sein dicker Vater nicht dicker ist als mein weniger dicker Vater und dass deswegen sein dicker Antikickervater ein besserer Trainer ist als mein weniger dicker Vater, der außerdem nichts dafür kann, dass er so dick ist …«

Weiter ist er nicht gekommen, weil der Wastl gebrüllt hat: »Nur weil jemand dick ist, ist er noch lange kein schlechter Fußballer! Merkts euch das! Ihr verhungerten Geißen!« Dann hat er den Steffi und mich in den Schwitzkasten genommen und uns so lange gebeutelt, bis wir beide gekeucht haben: »Dick ist schick!«

Der Wastl hat uns aus dem Schwitzkasten herausgelassen und wir sind beleidigt in Richtung Schule gegangen und der Wastl hat alle fünf Meter gebrummt: »Ich bin dick, aber geschmeidig wie ein Tiger!«

Leider hat der Steffi gesagt: »Aber wie ein dicker Tiger!« Dann hat er schnell wegrennen müssen, weil der Wastl gebrüllt hat: »Dich zerdrück ich wie eine Wanze!« Wie ein Kugelblitz ist er hinter dem Steffi nachgewuselt und ich gleich hinterher. Ich hab gar nicht gewusst, dass der Wastl so schnell rennen kann. Ich bin den beiden kaum nachgekommen, so schnell waren die um die Ecke. Durch diese morgendliche Rennerei habe ich den Schulweg in der Hälfte der Zeit geschafft. Der Wastl und der Steffi waren noch schneller.

So früh wie an dem Tag war ich noch nie vor der Schule. Der Schulwart hat nämlich noch gar nicht aufgesperrt gehabt. Deswegen hat der Steffi nicht aufs Klo rennen können und sich vor dem wütenden Wastl in Sicherheit bringen. Wie ich keuchend zum Endspurt angesetzt habe, hat der Wastl gerade den Steffi gebeutelt und der Steffi hat nur gebrüllt: »Gnade! Gnade! Dick ist schick!«

Zum Glück für den Steffi ist der Schulwart in diesem Moment aufsperren gekommen und hat die zwei Streithähne getrennt. Danach hat er sich seinen Bauch gestreichelt und gebrummt: »Ich weiß gar nicht, was die zwei haben! Natürlich ist dick schick.« Wir sind an ihm vorbeigegangen und in die leere Klasse marschiert. Der Steffi und der Wastl haben sich weiter Unfreundlichkeiten zugebrüllt, wobei der Steffi immer genau aufgepasst hat, dass der Sicherheitsabstand, den er zum Wastl eingehalten hat, nicht kleiner wird.

Nach und nach hat sich die Klassenbelegschaft eingefunden und interessiert zugehört, was sich der Steffi und der Wastl zu sagen gehabt haben. Natürlich haben die Kolleginnen und Kollegen auch den Grund für diese morgendliche Aufregung wissen wollen. So habe ich ihnen halt erklärt, dass mein Papa der Trainer von unserer Mannschaft wird.

Die anderen Fußballer, die mit mir in die Klasse gehen, haben etwas gesitteter auf diese Neuigkeit reagiert als der Steffi. Sie haben nur gemeint, man wird dann am Ende der Meisterschaft sehen, was dabei herauskommt. Mittlerweile haben sich auch der Steffi und der Wastl beruhigt gehabt und ihre Schimpfwörter nur mehr gezischt, während sie auf ihre Plätze gegangen sind. Doch in der Stunde habe ich einen Brief vom Steffi an den Wastl weitergegeben, auf dem gestanden ist: »Wastl, sind wir wieder Freunde! Hochachtungsvoll Steffi!«

Der Wastl hat den Brief gelesen, den Steffi angeschaut, gegrinst und den rechten Daumen in die Luft gestreckt. Der Wastl und der Steffi haben sich auch deswegen versöhnt, weil der Steffi dem Wastl in der nächsten Pause sein Wurstbrot geschenkt hat. Der Wastl hat sich darüber gefreut wie ein Schneekönig und gesagt: »Steffi! Das Wurstbrot hebe ich mir für die große Pause auf!« Der Steffi war sichtlich geehrt, denn seine Wurstbrote gestaltet ihm sein Vater, der die Artikel über gutes Essen schreibt. Wir haben uns geeinigt, dass beide Väter gleich dick sind, und haben auch aufgehört, beleidigt zu sein. Wie dann der Wastl in der Pause sein »Designerwurstbrot« genauer betrachtet hat, hat er gerufen: »Super, Steffi! Da ist ja ein Fächergurkerl drin!«

Da habe ich gewusst, es ist alles in Ordnung, und war beruhigt! Denn Streitigkeiten innerhalb der Mannschaft sind für die Meisterschaft genauso schlecht wie ein unfähiger

Trainer. Doch so einer wollte mein Papa absolut nicht werden. Er hat in der einen Woche bis zu seinem ersten Auftreten als Trainer gebüffelt und gestrebert wie ein Besessener.

Der Papa hat sich nämlich mindestens zehn Bücher über Fußball bestellt und jeden Abend darin gelesen und in ein kleines Heft viele Notizen gemacht und so komische Zeichnungen mit Kreisen und Pfeilen und Vierecken. Ich habe mir gedacht: »Jetzt ist mein Alter vollkommen schlicht in der Marille!«, und habe ihn gefragt, was das alles bedeuten soll.

Der Papa hat mir aber erklärt, dass diese komischen Zeichnungen nur ein paar »taktische Konzepte« für »gefinkelte Spielzüge« sind, die er mit uns einzuüben gedenkt. Am Abend vor seinem ersten Training mit uns ist er plötzlich im Wohnzimmer auf dem Teppichboden gesessen und hat mit hochrotem Kopf irgendwelche Verrenkungen gemacht und »uijeuijeuijeuijepffffpffff« gestöhnt. Ich habe ihn gefragt, ob er vielleicht etwas braucht oder ob er »Schaszwicken« hat. Das ist nämlich sehr unangenehm und es gibt viele Leute, die damit Probleme haben.

Der Opa sagt auch immer, dass er mit seinen »Winden« Probleme hat. »Die Winde, sie wollen nicht wehen!«, jammert er immer.

Beim Papa war es aber nicht das »Leibschneiden« – so nennt die Oma »Schaszwicken« –, denn er hat mir geantwortet: »Mein lieber Sohn, du bist wirklich ein unerträgli-

cher Quälgeist. Diese unmenschlichen Verrenkungen sind ab nun Teil eures Trainingsprogramms! Eure Muskeln werden dadurch länger und beweglicher und wir beugen gefährlichen Muskelverletzungen vor und jetzt hilf bitte deiner Mutter oder geh deiner Schwester auf die Nerven, weil ich noch nicht fertig bin!«

Der Papa handelt sich gehörigen Ärger ein

Zum nächsten Trainingstermin waren wir Fußballer schon eine halbe Stunde früher als sonst auf dem Fußballplatz, weil wir alle so gespannt waren auf den neuen Trainer. Ich war natürlich ein bisschen stolz, weil nicht jeder einen Vater hat, der Fußballtrainer ist. Doch eine halbe Stunde später habe ich meine Meinung grundlegend geändert. Das war kein Fußballtraining, sondern eine Schinderei. Der Papa hat uns zuerst urlange im Kreis laufen lassen, damit wir »eine Kondition kriegen«, und wenn er in die Hände geklatscht hat, haben wir springen müssen wie die Hutschpferde im Praterringelspiel. Dazu hat er uns als Strafverschärfung einen Vortrag gehalten, der uns »eindringlich illustrieren« sollte, wie wichtig »eine gute Ausdauer im cardialen Bereich ist«.

Der Fuchs Alexander hat meinen Papa verärgert gefragt: »Herr Netzwerker, ist es vielleicht möglich, dass wir einen Ball haben könnten? Wenn es nicht möglich ist, laufen wir halt ohne Ball weiter. Aber bitte, wenn Sie, während wir laufen, vielleicht ruhig sein können, weil wir verstehen nämlich eh nur Bahnhof!«

Doch der Papa hat bloß gemeint: »Später, später! Den Ball gibt es später! Alexander, du läufst jetzt bitte ohne Protest weiter, weil du sonst am Sonntag ausprobieren kannst, ob die Ersatzbank wirklich so hart ist, wie alle sagen.«

Nach dem Laufen haben wir uns so verrenken müssen wie der Papa am Abend vorher im Wohnzimmer. Als uns danach alles wehgetan hat, haben wir aufstehen dürfen und der Papa hat trompetet: »So! Meine jugendlichen Fußballerknaben sind jetzt optimal gedehnt und wir können zu weiteren Sprintübungen kommen. Ihr legt euch flach auf den Boden, und wenn ich in die Hände klatsche, springt ihr auf und sprintet bis zur Auslinie.« Der Budler Steffi hat sich an den Kopf gegriffen und gefragt, ob noch alle Tassen im Schrank meines Vaters sind. Wir andern haben uns das auch gefragt, nur haben wir es nicht laut gesagt. Mein Vater hat aber den Steffi maulen gehört. Da hat er in seine Pfeife geblasen und den Steffi auf eine »Fünf-Runden-Strafexpedition um den Sportplatz« geschickt. Uns anderen hat er Ähnliches angeboten, wenn wir weiter »meutern«. Wir haben weitertrainiert und der Steffi ist maulend seine fünf Runden gejappelt.

Der Papa war nämlich ein sehr strenger Trainer.

Kein noch so geflehtes »Bitte, ich muss aufs Klo!« hat er gelten lassen.

Auf solche Versuche hat er nur, kühl lächelnd, geantwortet: »Mein lieber junger Sportsfreund, dafür ist aber wirklich die Pause da!« Wie die Lehrer in der Schule, die auch nicht einsehen wollen, dass auch Schüler nicht auf Kommando aufs Klo müssen, sondern dass man halt muss, wenn man muss.

Nach dem Laufen, dem Dehnen und den Sprintübungen hat der Papa den Wastl und den Fuchs Alexander die großen orange-weiß gestreiften »Fang-den-Hut-Hüte« holen geschickt. Die hat er dann wie für einen Slalomkurs auf dem Spielfeld aufgestellt und uns die Ballführung erklären wollen: »Jetzt bekommt ihr jeder einen Ball und lauft damit, so schnell ihr könnt, zwischen den Hüten durch. Dann dreht ihr möglichst flott um und lauft wieder zurück!« Als er aber gesehen hat, wie gut wir die Ballführung schon beherrschen, hat er uns noch zwei Runden »langsam auslaufen« lassen und dann den Wastl ins Tor geschickt, damit wir ein »gepflegtes Schusstraining« machen können.

Während der Wastl ins Tor getrottet ist, hat uns der Papa erklärt, was bei einem Schuss wichtig ist: »Der Schuss soll scharf sein, flach und genau platziert in ein Eck. Joseph, bring mir einen Ball her, damit ich euch zeigen kann, wie der erfahrene Stürmer einen Flachschuss ins linke Eck knallt!«

Der Papa hat sich den Ball an die Strafraumgrenze gelegt und dem Wastl geraten, er möge sich gleich gar nicht bewegen, weil er den Ball nie und nimmer erwischen wird. Dann hat er einen Anlauf genommen und gerufen: »Seht und staunt!« Er ist angelaufen und hat den Ball getreten wie ein Wahnsinniger. Doch der Flachschuss war leider nicht wirklich flach. Wir sind nur mauloffen dagestanden und haben dem Ball beim Steigen zugeschaut. Wie der Ball dann zu steigen aufgehört hat, ist er wie eine Granate über den Zaun in den angrenzenden Beserlpark gesaust. Dort ist er dann aufgeschlagen und hat den »Wotan von der Lavant«, den bladen Pekinesen von der alten Frau Reichmann, fast zu Tode erschreckt. Der Ball nämlich, den der Papa eigentlich flach ins linke Eck vom Tor wummern wollte, hat den Hund – er hört auch auf »Scheißibärli« oder »Wursti« – beim Haxerlheben nur ganz knapp verfehlt.

Die Frau Reichmann hat aber eine zehn Meter lange Spulenleine und der Pekinese ist vor Schreck winselnd um die Beine der Frau Reichmann gewuselt und die Leine hat sich um ihre Beine gewickelt und sie hat geschrien: »Zu Hilfe! Zu Hilfe! Obacht, Scheißibärli, Obacht!«

Der Papa ist dem Wotan sofort nachgelaufen und hat ihn am Genick erwischt; dort hat der Wotan nämlich eine ungeheure Speckfalte, an der man ihn gut greifen kann. Glücklicherweise ist dem Papa das gelungen, bevor die Leine zu Ende war. Sonst wäre die Frau Reichmann garantiert auf ihren »Suppenhund für zwei« geknallt. Die Frau Reichmann hat sich aber beim Papa gar nicht bedankt, sondern ihm ihre Handtasche auf den Kopf gehauen und gezetert: »Wenn das Ihre liebe Frau Mutter wüsste! Na, die wird sich kränken, wenn ich ihr in der Konditorei erzähle, wie

Sie auf meinen Wotan losgehen! Sie rücksichtsloser Falott, Sie!«

Der Papa hat dann das Schusstraining abgebrochen und geschnauft: »Burschen! Ich bin von der Aufregung etwas müde und habe Kopfweh. Die Frau Reichmann führt anscheinend Ziegelsteine in ihrer Handtasche spazieren. Ich hole mir jetzt ein Aspro und ihr seid so lieb und spielt ein kleines Match untereinander. Dabei möchte ich aber kein unnötiges Geplärre hören. Bitte haltet auch den Ball flach am Boden. Die Windverhältnisse sind heute anscheinend sehr unberechenbar. Sollte einer von euch meinen, es geht gar kein Wind, kann er gerne ein paar Runden traben!«

So haben wir halt so leise wie möglich ein Match gemacht, das der Papa von einem Campingbett aus beobachtet hat. Dabei hat er heftig in sein Heft gekritzelt. Dann hat er uns heimgeschickt und uns aufgetragen, die Dehnungsübungen jeden Abend zu machen!

Am Abend hat die Oma angerufen und gefordert, dass sich der Papa beim Wotan entschuldigt. Sonst kann sie sich nicht mehr in der Konditorei »Zigeunerbaron« blicken lassen, weil ihr Sohn unschuldige kleine Hunderln anfällt und reifere Damen in Hundeleinen einwickelt. Und dabei hat der »Zigeunerbaron« so eine gute Haustorte!

Die Mama hat den Papa die ganze Zeit gehänselt, wegen seinem »Flachschuss«, und hat zu ihm gesagt, er ist eine Sparausgabe von Hans Krankl.

Aber wie ich der Mama erzählt habe, was für ein toller Trainer der Papa sonst ist, hat sie aufgehört, ihn zu hänseln. Nur wie der Papa gesagt hat, dass ihm der Schädel noch immer gehörig brummt und dass er »vom Trainersein« rechtschaffen müde ist und dass die Mama und ich so nett sein sollen, möglichst geräuschlos das Geschirr zu waschen, hat die Mama wieder ein bisschen zu spotten begonnen. Doch der Papa hat überhaupt nicht mehr reagiert, sondern ist ins Schlafzimmer getorkelt. Keine zehn Minuten später haben wir ihn laut schnarchen gehört.

Die Mama und ich haben nach dem Geschirrabwaschen über die Schule und über die »Champions League« geplaudert. Dann hat mich die Mama ins Bett geschickt, weil sie sich noch einen Krimi im Fernsehen anschauen wollte, der angeblich »nichts für mich« gewesen ist. Auf jeden Fall habe ich aus dem Fernseher ganz viel Schießen und Autoreifenquietschen gehört und mir gedacht, dass der Krimi wahrscheinlich doch »etwas für mich« gewesen wäre.

Beim Frühstück war der Papa wieder munterer und hat mir meine Zucker-Honig-Nuss-Schoko-Vitamin-Frühstücksflocken gegen ein Müsli ausgetauscht, damit ich Kraft für den Tag bekomme. Das Müsli hat er schon am Vortag angerührt und in den Kühlschrank gestellt und es hat ziemlich grauslich ausgeschaut, aber zu meiner Überraschung gar nicht so schlecht geschmeckt. Zwar war das Müsli nicht so knusprig und lecker wie meine Zucker-Honig-Nuss-Schoko-Vitamin-

Frühstücksflocken, aber wenn man sein »Leiberl« behalten will in der Mannschaft, darf man sich nicht mit dem Trainer anlegen und mampft halt brav schleimiges Müsli, das eigentlich eh ganz gut schmeckt, und trinkt mit Begeisterung einen Vitamin-Kalzium-Milchflip mit wichtigen Spurenelementen, der zwar farblich urgeil ausschaut, aber dafür einen grauslichen Geschmack hat, der einem stundenlang im Mund bleibt und immer wieder hochkommt, wenn man rülpsen muss.

Dabei frage ich mich ja, warum ich Spurenelemente brauche, obwohl ich kein Spürhund bin. Doch der Papa hat mich, als ich ihm genau diese Frage gestellt habe, nur gefragt, ob ich wirklich so blöd bin oder ob ich nur so tu wie wenn.

Dann hat der Papa gesagt, er wird meiner Biologielehrerin am nächsten Elternsprechtag gehörig die Meinung geigen, weil wir nicht lernen, was Spurenelemente sind.

Die Mama hat zum Papa gesagt, er soll lieber den Tisch abräumen und abwaschen, weil sie schon wieder furchtbar spät dran ist.

Manchmal glaube ich, dass sich die Mama gerne in der Früh so beeilt, damit der Papa unter der Woche immer das Frühstücksgeschirr waschen muss. Aber er hat es ja in seine Buchhandlung wirklich nicht sehr weit und in der Früh hat er deswegen auch jede Menge Zeit. Er kann sogar ganz bequem noch Zeitung lesen, hat er der Mama erklärt, als sie ihn einmal gefragt hat, ob es ihn denn nicht stört, dass er wegen uns auch jeden Tag so früh aufstehen muss.

Der Tscho handelt sich gehörigen Ärger ein!

An diesem Morgen war ich richtig gespannt, was meine Schulfreunde, die auch in unserer Mannschaft spielen, über meinen Papa als Trainer sagen werden.

Am Eck vorne in der Blumauergasse ist das Zuckerlgeschäft von der Frau Gründl, dort treffe ich jeden Tag den Wastl, den Fuchs Alexander und den Steffi Budler. Die spielen Tormann (der Wastl), Vorstopper (der Fuchs Alexander) und rechter Verteidiger (der Steffi Budler). Nach der üblichen Begrüßung und den gemeinsam gegessenen fünf »Cola-Flascherln« hat der Fuchs Alexander gesagt: »Peppi, wenn dein Papa weiter so tut, dann können wir sicher Meister werden! Weil bei der Batzenkondition, die wir bald haben werden, können die Wappler von den anderen Mannschaften sich den Pokal höchstens aufmalen.« Na, ich war voll stolz und total von den Socken. Der Steffi hat gejammert: »Ich finde, wir spielen zu wenig Fußball und laufen zu viel! Mir tut heute noch alles weh von der Rennerei! Außerdem habe ich keine Lungen wie ein Pferd! Am Sonntag werden wir uns alle nicht rühren können, nur weil dem Tscho sein dicker Vater uns antreibt wie Fiakerpferde!«

Da hat der Wastl den Steffi angebrüllt: »Auch Dicke können kicken!«, und ich habe ihm ziemlich die Meinung gesagt, dass er ein Antikicker ist, der keine Ahnung von nichts hat und keine ordentliche Kondition.

Der Steffi hat mich gefragt, ob ich ein paar Watschen will und ob ich mich das noch einmal sagen trau. Natürlich hab ich mich getraut und der Steffi hat mir eine Watschen gegeben, dass ich ins Kühlregal in die Milchpackerln gefallen bin. Der Wastl hat daraufhin den Steffi gerempelt, dass der auf mich draufgekippt ist. Gott sei Dank ist nur ein Literpackerl Milch aufgeplatzt und mein Hosenboden war nur ein bisschen nass.

Die Frau Gründl hat uns aber trotzdem »Raubersbuben« und »Gfrasta« geschimpft und gesagt: »Den bezahlts ihr mir aber, den Schaden!«

Der Steffi, der Wastl und ich haben unsere letzten Schillinge aus unseren Taschen gezogen und haben geschaut, dass wir wegkommen. Wie wir über die Straße zur Schule gegangen sind, hat der Fuchs Alexander die ganze Zeit nur gelacht oder besser gesagt: gegackert wie ein Huhn und hat gar nicht damit aufhören können. Er hat immer wieder gesagt, dass ich ausschaue, wie wenn ich mich angemacht hätte, wegen meinem milchnassen Hosenboden. Wie wir durch das Schultor gegangen sind, hat es mir gereicht.

Da habe ich den Alexander gestoßen. Er hat mich auch gestoßen. Wie wir so mitten im Stoßen waren, ist die strenge Frau Professor Pinklawa gekommen, hat uns getrennt und mir eine Strafaufgabe gegeben, weil ich einen Mitschüler und Kameraden an den Haaren reiße. Dass mich der Fuchs Alexander auch gestoßen hat, das hat die blöde Kuh nicht gesehen.

Jetzt war ich auch auf den Papa böse, weil der ja eigentlich auch ein bisschen schuld an der ganzen Aufregung war. Nur wegen ihm habe ich vom Steffi die Watschen gekriegt und die Strafaufgabe von der Pinklawa.

Ich habe einen Aufsatz schreiben müssen über zwei Seiten: »Warum ich keinen meiner Mitschüler an den Haaren reißen und zur lieben Frau Professor Pinklawa nicht frech sein darf«. Wie sollen einem da bitte zwei Seiten einfallen? Höchstens im Gegenteil: »Warum ich depperte Mitschüler an den Haaren reißen und zur blöden Pinklawa frech sein muss«.

Ich hab mir gedacht, am besten wird sein, wenn mir der Papa so einen Aufsatz vorschreibt, damit ich ihn dann abschreibe, damit er ihn dann unterschreibt. Weil der Papa ist ja schließlich auch schuld an dieser ganzen Misere. Fast wäre der Vormittag reibungslos verlaufen, wenn nicht in der letzten Pause der Steffi kichernd zu mir »Milchpopobubi« gesagt hätte. Da habe ich ihm meine »Rapid-Mappe« auf den Kopf geknallt. Genau in dem Moment, als meine »Rapid-Mappe« auf dem Steffi seinem Kopf aufschlug, habe ich hinter mir die Frau Professor Pinklawa brüllen gehört: »Aha! Du schon wieder! Früchtchen!«

Der Steffi hat noch ganz schnell gestöhnt: »Auweh!

Auweh! Mein armer Kopf!«, und ich habe ruckzuck den nächsten Aufsatz aufgebrummt bekommen. Zehn Zapfenrechnungen obendrein, nur weil ich der Frau Professor Pinklawa erklärt habe, dass sie mir sowieso schon in der Früh einen Aufsatz aufgegeben hat, mit genau demselben Thema. Nur dass ich jetzt »Mappe auf den Kopf schlagen« statt »an den Haaren reißen« schreiben muss.

Da hat sich die Evi Plott eingemischt und gerufen: »Bitte, Frau Professor! Das ist ja eine Strafaufgabe! Das ist, bitte sehr, verboten!« Die Pinklawa hat zur Plott Evi gesagt: »Eva-Maria Plott! Das ist keine Strafe, sondern eine zusätzliche Übung für den Joseph! Dir könnten aber ein paar Zapfenrechnungen auch nicht schaden! Bis morgen machst du mir zwei davon und der Herr Papa unterschreibt mir das!« Dann ist sie gegangen. Die Plott Evi und ich sind mauloffen dagestanden und der Wastl hat gerufen: »Pfui! Buh! Schiebung!«

Ich habe mich auch noch ein bisschen aufgeregt und habe mich bei der Plott Evi bedankt, dass sie für mich den Mund aufgemacht hat. So sind wir ins Gespräch gekommen und sie hat mich gefragt, ob sie einmal zuschauen kommen kann, wenn ich Fußball spiele. Ich habe ihr gesagt, dass mich das sehr freuen würde, und war sehr stolz. Wegen der Strafaufgaben habe ich mich dann schnell beruhigt und mir ausgerechnet, dass ich halt den Aufsatz zweimal abschreiben muss. Überall, wo irgendetwas mit »Haare reißen« steht, muss ich einfach »Mappe auf den Kopf schlagen« schreiben und der Papa wird halt zweimal seine

»Kraxen« druntersetzen müssen. Die zehn Zapfenrechnungen mach ich lieber selbst, weil weder die Mama noch der Papa das sehr gut können. Bei der Mathematik hapert es bei den beiden total.

Ich habe mich einmal wo nicht ausgekannt und die Mama gefragt. Die hat die Aufgabe dem Papa gezeigt. Daraufhin haben mir beide erklärt: »Es wäre doch gelacht, wenn wir nicht die einfachsten Unterstufenrechnungen beherrschen täten!« Sie haben sich an den großen Wohnzimmertisch gesetzt und der Papa hat seinen Taschenrechner geholt. Fast zwei Stunden sind sie mit hochroten Köpfen über meiner Mathematikhausübung gesessen und haben schließlich gesagt: »So, Peppi, jetzt brauchst das nur mehr ins Hausübungsheft abschreiben!«

Ich habe mir natürlich gedacht: »Pfau! Ich hab schon zwei supergute Eltern!« Aber am übernächsten Tag habe ich von unserer Frau Professor das Heft zurückbekommen. Da war mehr rot als schwarz und unter der Hausübung ist gestanden: »Katastrophal! Unterschrift der Eltern!«

Der Papa hat verlegen grinsend mein Heft unterschrieben und mir eine Tafel Schokolade zugesteckt und die Mama ist mit mir ins Hanappi-Stadion gegangen. So zerknirscht waren die zwei. Ich habe dann die Hausübung vom Korschinak Vickerl abgeschrieben, weil der versteht von der Rechnerei mehr, und ich hab ihm dafür die halbe Tafel Schokolade gegeben. Aber so einen Stress tu ich mir nicht mehr an.

Deswegen habe ich auch die zehn Zapfen für die Pinklawa selber gerechnet und darum »Baywatch« im Nachmittagsfernsehen versäumt. Wenigstens war dann am nächsten Tag wieder Ruhe in der Schule. Der Steffi und der Fuchs Alexander haben sich bei mir entschuldigt und ich mich bei ihnen. Aber das hätten wir ohne diese depperten Strafaufgaben genauso gemacht, weil wir ja trotzdem Freunde sind.

Der Papa
als Nervenbündel

Am Nachmittag beim Training war auch eine Hetz, weil dem Wastl bei einer Glanzparade der Hosengummi gerissen ist. Die Hose ist ihm bis zu den Kniekehlen heruntergerutscht und wir alle haben gesehen, dass er eine Unterhose anhat, auf der rote und blaue Blumen sind, um die Feuerwehrautos herumfahren, in denen Indianer und Astronauten sitzen.

Der Papa hat gesagt, er verzichtet auch heute auf das weitere Schusstraining, wir sollen noch ein bisschen laufen, zwei Mannschaften bilden und ein Match machen. Ich glaube, der Papa war schon ziemlich nervös, weil am Sonntag sein erstes Match als Fußballtrainer sein sollte. Er hat dauernd aufs Klo müssen beim Training und hat beinahe vergessen, das Training zu beenden.

Wir wären wahrscheinlich noch als alte Opas am Fußballplatz gewesen, hätte nicht der Wastl den Papa gefragt: »Herr Netzwerker! Bitte, es ist schon eine Viertelstunde nach Trainingsschluss! Außerdem ist es schon recht dunkel und bei meinem Riss in der Hose zieht es ur hinein! Ich glaube, ich hab schon Eisblumen am Hintern! Außerdem kann ich nicht die Hose halten, wenn ich Bälle halten soll!«

Der Papa hat den Wastl ganz komisch angeschaut und hat dann in seine Trillerpfeife geblasen und uns unter die Duschen geschickt.

Am Freitag dann hat er es ganz eilig gehabt, dass er zu der Mama ihrem Match zurechtkommt. Er ist sogar schon eine halbe Stunde vor ihr auf dem Fußballplatz gewesen, um mit dem Damentrainer die Taktik zu besprechen. Und während der ganzen ersten Spielhälfte ist er sogar neben dem Damentrainer auf der Damentrainerbank gesessen, und immer wenn der Damentrainer aufgesprungen ist, ist er auch aufgesprungen, und wenn der Damentrainer über irgendetwas geschimpft hat, hat er über dasselbe geschimpft.

Allen Zuschauern ist das aufgefallen, die Fans der gegnerischen Mannschaft haben sich sogar beim Schiedsrichter beschwert. Sie haben gesagt, dass dieser komische zweite Trainer schuld daran ist, dass sich ihre Mannschaft nicht konzentrieren kann und zwei zu null im Rückstand ist.

So hat der Schiedsrichter den Papa gebeten, dass er sich in der zweiten Spielhälfte auf die Zuschauertribüne setzt. Der Papa hat gebrüllt: »Ich werde mich beim Verbandspräsidenten über Sie beschweren! Sie Ignorant! Ich bin außerdem sportlicher Nachwuchsleiter! Damit Sie es wissen! Und außerdem ich habe ein eigenes Geschäft! Sie dicker, böser, schwarzer Mann!«

Der Schiedsrichter war aber total unbeeindruckt und hat gesagt, wenn der Papa nicht sofort die Trainerbank verlässt, bricht er das Spiel ab, die gegnerische Mannschaft gewinnt strafweise drei zu null und außerdem ist er hauptberuflich Funktionär bei der Handelskammer.

Das hat den Papa ziemlich beeindruckt und so ist er halt zähneknirschend auf einen Zuschauerplatz gegangen. Die gegnerischen Fans haben gerufen: »Auf Wie-der-sehen, Auf Wie-der-sehen!«, und der Papa hat sich seine Vereinshaube ganz tief ins Gesicht gezogen.

Gewonnen hat dann doch die Mannschaft von der Mama mit drei zu eins, wobei das Ehrentor von der gegnerischen Mannschaft ein Elfmetergeschenk des Schiedsrichters war.

Bei der Siegesfeier im Clubhaus war die Mama ganz gerührt, weil sich der Papa so für die Damenmannschaft ins Zeug gelegt hat. Sie hat allen ihren Mitspielerinnen gesagt, dass sie am Sonntag kommen und uns anfeuern müssen. Der Papa hat mit dem Damentrainer Bier getrunken und ihn als »Herr Kollege« angeredet und beide haben über die unfähigen Schiedsrichter geschimpft und auch darüber gesprochen, was sie anders machen würden, wenn sie Nationaltrainer wären.

Die Mama und ich waren voll erstaunt, wie sich einer vom Fußballmuffel zum richtigen Fußballfachmann entwickeln kann.

Wie der Papa dann schon sehr viel Bier getrunken gehabt hat, hat er die Mama und mich hochleben lassen und uns als den »Stolz eines jeden Teamchefs, Ehemanns und Vaters« vorgestellt.

Am Samstag war dem Papa schlecht. Er ist nämlich nicht so viel Bier gewöhnt wie der Damentrainer und hat deswegen auch nichts essen wollen, war kotzgrün im Gesicht und hat literweise Mineralwasser getrunken und ist gleich nach der Fußballsendung schnurstracks ins Bett gewankt.

Am Sonntag in der Früh um sieben war er wieder quietschfidel und hat die ganze Familie, inklusive der Babsi, aufgeweckt und mich vor dem Frühstück zu einer »taktischen Besprechung« ins Wohnzimmer bestellt. Ich habe ihm gesagt, dass es noch urfrüh ist und dass das »Match« erst um drei viertel zehn angepfiffen wird. Der Papa hat mir darauf erklärt: »Mein Sohn! Früher Vogel fängt den Wurm! Frischwärts raus aus den Federn!« Ich habe verschlafen den Papa gefragt: »Glaubst, mir graust vor gar nix?« Da hat mich der Papa gefragt, ob ich heute vielleicht auf der Ersatzbank Platz nehmen will, weil ich so frech bin? Da war ich sofort putzmunter und hab gerufen, dass ich das nicht will, und der Papa hat gesagt, dass ich dann gefälligst »Schweig« sein soll. Die Babsi ist mit ihrem rosa-roten Plüschbademantel in mein Zimmer gestampft und hat den Papa gefragt, ob er einen Klamsch hat, weil er in der Früh schon so ein Plärrament veranstaltet. Der Papa hat die Babsi angeschnauzt, dass er keinen Klamsch hat und dass sie besser ihren Willibald anrufen soll, damit er auch zum Spiel kommt. Die Babsi hat den Papa noch einmal gefragt, ob er einen Klamsch hat, und der Papa hat festgestellt, er wird sich in Zukunft sehr genau überlegen, ob er seiner vorlauten Tochter weiterhin ihr »Bravo-Girl« aus dem Geschäft mitbringt. Die Babsi ist käsebleich geworden und hat geschrien: »Alles wegen dem kleinen Vollkoffer seinem depperten Fußball!« Ich hab aber eh gleich zurückgeschrien: »Blunzenstrickerin, halt die Goschen!« Der Papa hat nach der Mama gerufen und sie gefragt, woher die Babsi und ich diese Wörter haben, die man in keinem »Duden« finden kann! Da habe ich den Papa gefragt, was so ein »Duden« ist. Der Papa hat tief eingeatmet und mir erklärt: »Ein ›Duden‹ ist ein Wörterbuch, in dem alle Wörter drinnen stehen außer ›Vollkoffer‹ und ›Blunzenstrickerin‹! Weil das sind unanständige Wörter!« Ich habe ihn gefragt, ob denn dann ›Klomuscheltaucher‹ auch nicht drinnen steht oder ›Hosenscheißer‹? Da hat der Papa lautstark von der Mama verlangt, dass sie der Babsi und mir verbietet, solche Wörter in den Mund zu nehmen. Die Babsi ist wutentbrannt zum Telefon gelaufen und hat den »Tschango« angerufen. Die Mama hat dem Papa noch gesagt, er soll nicht so aufgeregt sein und den Rest seiner Familie nicht in den Wahnsinn treiben. Der Papa hat gebrüllt, er verbittet sich solche Wortmeldungen, weil die Mama hat ihn schließlich in diesen Wahnsinn als Kinderfußballtrainer hineingeritten. Dann hat die Mama gesagt, der Papa soll sich endlich beruhigen und sein Frühstück machen.

Nach dem üblichen Fitness- und Kraftfrühstück hat der Papa zum Aufbruch gedrängt und der Babsi Vorwürfe gemacht, dass der »Willibald-Tschango« noch nicht da ist. Doch die Babsi hat gesagt, der »Tschango« kommt direkt zum Fußballplatz, weil er sich erst noch seine »Elvis-Locke stylen« muss.

Der Papa hat wieder Falten auf der Stirn bekommen, aber die Mama hat ihn beruhigt, dass ohnehin ihre ganzen Mannschaftskameradinnen samt Ehemännern und Kindern kommen werden. Der Papa hat wissen wollen, ob die Ehemänner und Kinder freiwillig mitkommen. Doch die Mama hat gesagt: »Was heißt freiwillig, die müssen.« Der Papa hat komisch geschaut und uns gebeten, schneller zu frühstücken, weil er noch die Bodenverhältnisse überprüfen will. Wir haben uns beeilt und der Papa hat der Babsi seinen Vereinsschal umgebunden, seine Vereinshaube aufgesetzt und ihr die Fahne in die Hand gedrückt. Die Babsi hat gestrampelt und gequengelt wie der Papa noch vor ein paar Wochen.

Wie wir am Fußballplatz angekommen sind, hat der »Tschango« schon auf uns gewartet und ziemlich zerrupft ausgesehen. Außerdem hat unten noch seine Pyjamahose unter den Jeans herausgeschaut.

Das erste Match

Der Papa ist sofort aufs Fußballfeld gelaufen, hat sich auf den Bauch geworfen und das Gras abgehorcht und befühlt. Dann hat er zufrieden gelächelt und ist zu uns an den Spielfeldrand zurückgekommen. Dort hat er den »Tschango« genauer angeschaut, gestutzt und ihm den Zahnpastabart von der Oberlippe gewischt. Dann ist er zur Spielerkabine gegangen. Von dort ist er keine zehn Sekunden später wieder hinausgelaufen und hat urpanisch zu uns herübergeschrien: »Es ist noch kein einziger Spieler von meiner Mannschaft da!«

Die Mama hat gesagt, das wundert sie nicht, weil es erst halb neun ist. Der Papa hat geschrien, dass die Mama nicht so schnippisch sein soll, er jetzt beleidigt ist und einen Kaffee trinken geht. Die Mama hat mir vom Platzwart einen Ball geholt und wir haben uns Passes gegeben. Der »Tschango« und die Babsi sind inzwischen auf einem Tribünenplatz eingeschlafen.

Gegen neun sind dann die ersten Spieler gekommen und haben sich vom Papa die Bodenbeschaffenheit erklären lassen müssen. Um zwanzig nach neun sind die Gegner gekommen und der Papa hat den gegnerischen Trainer mit einem Handschlag begrüßt und stramm stehend gebellt: »Guten Morgen, werter Kollege!«

Der Trainer unserer Gegner hat den Papa stirnrunzelnd angeschaut, sich dann an die Stirn gegriffen und den Kopf geschüttelt.

Kurz bevor wir dann aufs Spielfeld gelaufen sind, hat der Papa gerufen: »Zickezackezickezacke!«, und wir haben geantwortet: »Heuheuheu!« Da hat der Trainer der gegnerischen Mannschaft geschrien: »Ja, wir holen den Pokal!«, und seine Mannschaft hat gebrüllt: »Halleluja!« Sehr lustig!

Die erste Spielhälfte wurde laut Papa von uns »hart, aber gerecht« geführt und wir haben uns ein null zu null erkämpft, weil unsere Gegner einen urguten Mittelstürmer gehabt haben und unser Tormann, der Wastl, einen äußerst umstrittenen Elfmeter gehalten hat. Der Rübler Sascha hat nämlich dem Schiedsrichter die Zunge gezeigt, weil der Schiedsrichter ungerechterweise nicht Abseits gegeben hat. Torchance haben wir nur eine gehabt. Der Fuchs Alexander hat an der Strafraumgrenze einen Bombenschuss losgelassen, der den überraschten gegnerischen Tormann genau ins Gesicht getroffen hat. Vom gegnerischen Tormann seinem Gesicht ist der Ball in den Corner gerollt. Doch der Corner hat nichts eingebracht. Der Papa hat uns in der Pause gesagt, wir sollen uns nicht »hinten

hineinstellen«, sondern angreifen, und er hat den Rübler Sascha ausgetauscht. Der hat geheult wie ein Schlosshund, bis ihn der Papa wieder in die Mannschaft genommen hat. Aber da hat der Steffi Budler zu weinen begonnen, weil der statt dem Rübler Sascha hineingekommen wäre. So hat der Papa beide aus der Mannschaft genommen und stattdessen den Hirsch Felix aufgestellt. Als der Schiedsrichter zur zweiten Spielhälfte gepfiffen hat, hat der Papa gerade mit dem Papa vom Rübler Sascha gestritten, ob der Austausch gerechtfertigt war oder nicht. Wie der Papa dann weggehen hat müssen, hat der Papa vom Rübler Sascha weitergestritten, aber jetzt mit dem Papa und der Mama vom Hirsch Felix und der Großmutter vom Fuchs Alexander. Die Mama vom Hirsch Felix ist nämlich Kapitän von der Damenmannschaft und hat das dem Papa vom Rübler Sascha dauernd ins Gesicht geschrien.

In der zweiten Spielhälfte haben wir dem Papa seinen Rat befolgt. Wir haben angegriffen und prompt ein Tor kassiert. Der Papa vom Rübler Sascha hat meinem Papa zugeschrien: »Mit meinem Sohn als Außendecker wäre das nicht passiert!« Und die Großmutter vom Fuchs Alexander muss etwas sehr Unhöfliches zur Mutter vom Rübler Sascha gesagt haben, weil der Papa vom Rübler Sascha dem Papa vom Hirsch Felix das Kapperl vom Kopf gerissen und es aufs Spielfeld geworfen hat. Während er das gemacht hat, hat er laut gebrüllt: »Sie müssen schon entschuldigen,

Herr Hirsch, aber mit alten Damen fang ich keine Rauferei nicht an!« Worauf der Hirsch-Papa probiert hat, der Fuchs-Oma die Pelzhaube vom Kopf zu reißen. Die Fuchs-Oma hat aber ganz laut geschrien: »Hilfe! Mörder! Polizei! Behörde! Verwaltung!«, und mit den Füßen zu trampeln begonnen. Der Schiedsrichter hat das Spiel unterbrochen und gedroht, dass er das Spiel endgültig abbricht. Die Spielerangehörigen haben sich dann augenblicklich beruhigt und wir haben durch ein wunderschönes Supertor von mir den Ausgleich erzielt.

Das Spiel ist auch eins zu eins ausgegangen und alle haben mir nachher gratuliert und meine Schwester Babsi ist zu jedem hingelaufen und hat erzählt, dass ich ihr kleiner Bruder bin, und der »Tschango« hat allen erklärt, dass er der Freund der Schwester des Torschützen ist und dass er mir alles beigebracht hat. Das stimmt zwar nicht, aber an einem so wunderschönen Tag war mir das auch völlig wurscht. Der Papa hat die ganze Zeit wie aufgezogen geredet, die Mama ist sehr stolz auf mich gewesen und der Papa vom Rübler Sascha hat die Eltern vom Hirsch Felix auf ein Bier eingeladen.

Ich bin mit der Plott Evi auf einen Bananensplit gegangen, weil das der Plott Evi und mein Lieblingseis ist und weil mir mein Papa fünfzig Schilling gegeben hat, damit ich die Plott Evi einladen kann. Weil ich habe schon am Freitag in der Schule die Plott Evi gefragt, ob sie mit mir ein Eisessen gehen will nach dem Spiel am Sonntag. So sind wir ins Reden gekommen und sie hat mir das erklärt mit dem Bananensplit und der Bananensplit ist nicht die einzige Gemeinsamkeit, die die Plott Evi und mich verbindet.

Ein folgenschwerer Bananensplit

Nach dem Superspiel bin ich also mit der Plott Evi auf einen Bananensplit gegangen. Der Papa hat mir noch nachgerufen, dass ein Unentschieden wie ein Sieg für unsere Mannschaft ist. Die Mama hat mir auch nachgerufen und mich gefragt, ob ich denn nicht duschen will, bevor ich eine so entzückende junge Dame auf ein Eis einladen will. Aber die Plott Evi hat sich umgedreht und meiner Mama zugerufen: »Frau Netzwerker, ich bin leider keine entzückende junge Dame. Dafür bin ich die Eva Plott und der ist es schnurzpiepegal, wie ihre Begleitung riecht. Außerdem gehe ich nicht in den Eissalon, um an Ihrem Sohn zu schnuppern, sondern um einen Bananensplit zu spachteln!« Die Mama hat dann ganz komisch geschaut und ich habe gelacht. Da hat die Mama noch komischer geschaut. Aber wenn ich mit der Plott Evi auf einen Bananensplit gehe, kann ich nicht auf das komische Gschau von der Mama Rücksicht nehmen. Dem Herrn Alberti vom Eissalon ist es auch wurscht, wie ich ausschau, weil ich eine Stammkundschaft bin.

Wir sind also zum Eissalon Alberti gegangen und ich

habe mir gedacht, für ein Mädchen ist die Plott Evi eigentlich gar nicht so deppert. Wie wir im Eissalon waren und der Herr Alberti sein »Bonschorno Sinjore Tschoseppe. Wer isse diese bellissima kleine Sinjorina eh?« gesagt hat, hat die Plott Evi dem Herrn Alberti noch erklären müssen, dass sie keine »bellissima kleine Sinjorina« ist, sondern Evi Plott heißt. Doch der Herr Alberti hat nicht komisch geschaut, sondern nur gesagt: »Eva Plott bella bionda!« Ich hab schnell gerufen: »Herr Alberti, zwei Bananensplit, aber avanti bitte!« Ich habe nämlich schon so einen Gusto auf diesen Bananensplit gehabt, dass ich nicht mehr länger zuhören hab können, wie die Evi dem Herrn Alberti erklärt, wie sie heißt.

»Certo, Sinjore Tschoseppe, swei Bananensplite kommen subito!«, hat der Herr Alberti zurückgesungen, weil er immer mehr singt als spricht. Ich finde das lustig. Wie wir auf die Bananensplits gewartet haben, habe ich der Evi ein bisschen aus meinem Leben erzählt. Wie ich zum Beispiel den Einbrecher in unserem Haus so lange mit meiner Stoppelsilberbüchse in Schach gehalten habe, bis die Polizei gekommen ist. Oder warum ich schon jederzeit in der Fußball-Nationalmannschaft spielen könnte. Die Evi hat mich so angeschaut, als wenn sie mir nicht glauben würde, und ich habe ihr erzählt, wie ich einmal mit dem Toni Polster fotografiert worden bin. Da hat sie noch ungläubiger geschaut, dabei hat das wirklich gestimmt. Ich habe das Foto ja zu Hause. Der Toni Polster und ich bei der Einkaufszentrumseröffnung im letzten Sommer. Seitdem sind wir Freunde und ich schreibe ihm öfters, doch ich kriege von ihm immer nur unterschriebene Autogrammfotos zurück. Sogar wenn ich ihm schreibe, dass er mir nicht immer nur Autogrammfotos schicken soll, sondern auch einmal schreiben, wie es ihm so geht und ob der kleine Anton Jesus auch schon ein bisserl herumkickt! Dass mir der Toni Polster immer nur Autogrammfotos schickt, habe ich der Evi nicht erzählt, weil das ist ja auch nicht so wichtig.

Wir sind halt dann so gesessen und haben unsere Bananensplits gemampft und ich habe mir gedacht: Tscho, jetzt sag endlich einmal was Nettes zur Evi! Das war aber gar nicht so leicht, weil die Evi noch hübscher ausgesehen hat als sonst und weil ich ihr doch etwas ganz besonders Nettes sagen wollte. Irgendwie war mir das echt peinlich, aber schließlich habe ich zwischen zwei Bananensplitbissen herausgewürgt: »Evi! Eigentlich bist du für ein Mädchen gar nicht so deppert!«

Die Evi hat daraufhin große Augen gemacht und sich an einem Bananensplitbissen fast verschluckt und ich war beeindruckt von der Wirkung, die mein Kompliment auf sie gehabt hat. Cool, Tscho, hab ich gedacht, ist doch gar nicht so schwer, eine Liebeserklärung!

Aber da ist die Evi aufgesprungen, hat mir den Rest von ihrem Bananensplit vorne ins Leiberl geleert und fest darauf herumgerieben. Wie sie mit dem Herumreiben fertig war, hat sie gezischt: »Du bist dafür genauso deppert wie

die anderen Buben. Du Wapplerschlumpf!« Danach ist sie mit hoch erhobenem Kopf aus dem Eissalon gegangen. Der Herr Alberti und ich waren so baff, dass ich aufs Schimpfen vergessen habe und der Herr Alberti aufs Witzemachen. »Oh, Madonna mia, desastro, bestia, der schene Fußballleibchen isse totale schamutzige!«, hat der Herr Alberti verzweifelt gerufen und die Hände über dem Kopf zusammengeschlagen. Er hat sogar aufs Sprechsingen vergessen, so verblüfft war er. Ich habe nur gesagt: »Bitte, Herr Alberti, ich zahl zwei Bananensplit und möchte einen Schokoshake zur Beruhigung!«

Auf den hat mich der Herr Alberti sogar eingeladen. Er ist mit mir schnell in die Küche gegangen und hat mir einen Schwamm gegeben und gesagt, ich soll mich sauber machen. Dann hat er mir, für den Heimweg, ein »Eissalon Alberti«-Leiberl geschenkt und ein Plastiksackerl für meinen verschmutzten Dress.

Zum Abschied hat mir der Herr Alberti auf die Schulter geklopft und tief geseufzt: »Ah, Tschoseppe, la Donna è mobile! Frau isse wie Wetter in Aprile!« Ich hab zwar nicht gewusst, was das heißen soll, aber ich habe genickt und mich ziemlich verwirrt auf den Heimweg gemacht.

Wie ich nach Hause gekommen bin, hat es das Urtheater gegeben wegen dem Dress. Die Mama hat gesagt, dass die Bananen-Schokolade-Flecken nie mehr herausgehen. Der Papa hat geschimpft: »Ich als sportlicher Nachwuchsleiter kann es in keinster Weise verantworten, dass meine Spielers (er hat wirklich »Spielers« gesagt!) in schmutzigen Dressen auf der Gasse herumlaufen! Das wirft ein schlechtes Licht auf die Mannschaft, den Trainer und letztendlich auch auf die Buchhandlung des Trainers!«

Meine zwei Alten haben urlang gezetert und gegreint, bis meine Mama endlich auf die Hirnidee gekommen ist, dass sie mich fragt, woher ich denn den Fleck habe. Na, ich habe der Mama erklärt, was für ein schönes Kompliment ich der Evi gemacht habe und was danach passiert ist.

Wichtige Dinge
über Mädchen

Meine Mama hat große Augen gemacht und der Papa hat ein rotes Gesicht bekommen und immer »Pfffchhhrr« gemacht, und wie er nicht mehr »Pfffchhrr« gemacht hat, hat er »Buhuhahaha« losgelacht und die Mama hat böse geschaut und gesagt, dass wir beide »Vollpoidln« sind. Der Papa hat aufgehört zu lachen und »Hallohallohallo!« gerufen. Ich habe auch »Hallohallohallo!« gerufen.

Da hat die Babsi die Türe von ihrem Zimmer aufgerissen und wissen wollen, warum es hier zugeht »wie im Dschungel«. Die Mama hat der Babsi die ganze Geschichte erzählt. Die Babsi hat die Mama gefragt: »Bitte, was erwartest dir von so einem kleinen Vollkoffer?« Da habe ich zur Babsi gesagt: »Gusch! Du alte Blunzenstrickerin! Was verstehst denn du schon vom Komplimentemachen!« Die Babsi hat mich darauf am Ohr gezogen und ich habe ihr gegen das Schienbein getreten. In null Komma Joseph war eine Superschlägerei im Gange.

Der Papa hat wieder »Hallohallohallo!« gerufen und die Mama »Haltsofortaufhörenihrgfrieser!!« Die Babsi hat mein Genick losgelassen und ich habe meine Zähne von der Babsi

ihrer Hand weggenommen und wir haben beide geschrien, dass der – oder die – andere angefangen hat und dass der – oder die – andere ein gemeiner Ekelgnom oder eine verblödete Tussi ist. Die Mama hat erklärt, dass wir beide »eine unglaubliche Heimsuchung« sind, und der Papa hat wieder von den Wörtern angefangen, die angeblich in keinem Duden stehen.

Die Mama hat mich gefragt, woher ich denn den Blödsinn habe, dass Mädchen deppert sind und Burschen gescheit. Da hat aber der Papa zur Mama gesagt: »Ich bitte dich! Bring doch den Buben nicht in einen Argumentationsnotstand! Siehst doch eh, dass er ganz verwirrt ist!«

Die Mama hat ihn gar nicht angeschaut und nur geknurrt: »Schweig! Matscho!«

Dann habe ich erklärt, warum ich meine, dass die Mädchen blöd sind. Sie interessieren sich nicht für Fußball. Sie zwicken beim Raufen. Sie bemalen sich. Sie verstehen nichts von Autos. Sie können nicht im Stehen pinkeln. Sie kreischen in einer Tour, wenn die Kelly Family oder East 17 oder sonst irgendwelche Lackaffen auf dem Titelbild vom »Bravo« sind, und sind sowieso zu nichts zu gebrauchen und die anderen Buben vom Fußballverein sagen das auch!

Die Mama hat große Augen gemacht und der Papa hat sich bei jedem Satz, den ich gegen die Mädchen gesagt habe, heftiger am Ohr gekratzt. Wie ich fertig war, hat die Mama gesagt, dass ich ihr jetzt einmal ganz genau zuhören soll, und hat angefangen, lauter Dinge gegen uns Buben zu sagen: »Buben boxen beim Raufen. Sie verstehen nichts von Mode. Buben sind dauernd laut, schmutzig und haben Stinkfüße. Buben kreischen hysterisch, wenn es um Autos, Fußball und Lokomotiven geht. Buben pinkeln am Klo immer daneben und kochen können sie auch nicht!«

Jetzt haben der Papa und ich wieder »Hallohallohallo!« gebrüllt und die Babsi hat gelacht und immer nur genickt. Da hat der Papa gesagt, dass er nicht auf den Männern sitzen lässt, dass sie nicht kochen können, und die Mama hat gesagt, dass sie auf den Mädchen nicht sitzen lässt, dass sie nicht Fußball spielen können. Der Papa hat gefragt: »Na, und was tun wir da?«

Die Mama hat dem Papa vorgeschlagen, dass sie eine Mädchenmannschaft einen Monat lang trainiert und dass diese Mannschaft dann gegen die Schülermannschaft von unserem Verein spielt. Wenn wir gewinnen, nimmt die Mama alles, was sie gegen uns Männer gesagt hat, zurück, und wenn die Damen gewinnen, müssen alle Spieler der Schülermannschaft ein dreigängiges Menü für die Fußballdamen kochen und auch alles zurücknehmen, was sie gegen Mädchen gesagt haben. Der Papa hat darauf bestanden, dass seiner Mannschaft bitte sehr auch ein dreigängiges Menü zusteht, wenn sie gewinnt, und für die Mädchen – da hat er ganz speziell die Babsi angeschaut – gibt es ein dreiwöchiges Kellyfamilygedudelverbot. Die Babsi hat geschrien: »Und wenn wir gewinnen, gibt's drei Wochen Kelly Family und Backstreet Boys mit voller Power, du Banause!« Da hat der

Papa gekichert und gesagt, er wird wohl seine alten Platten hervorkramen müssen. »Denn wenn die Burschen gewinnen«, hat er gesagt, »dann setzt es drei Wochen Beatles und Richard Wagner!«

Die Babsi hat wutschnaubend gesagt: »Ich melde mich freiwillig als Stürmerin. Weil da schieß ich euch kleinen Wapplern die Bälle nur so um die Ohren. Da könnt ihr Gift drauf nehmen. Ihr werdet glauben, das Spielfeld steht schief, weil nur in eine Richtung gespielt wird! Nämlich auf euer Tor! Und wenn wir dann 100:0 gewonnen haben, setzt es wochenlang Kelly Family und Backstreet Boys, bis gewisse Herrschaften ohrenwackelnd um Gnade wimmern werden!«

Die Mama hat gesagt, sie muss urdringend ganz viele Telefonate erledigen und die Herren der Schöpfung sollen auf ein Eis verschwinden. Der Papa hat sich seine Trainerausrüstung angezogen und gesagt: »Mitnichten! Joseph, Sohn und künftige Stürmerlegende, wir gehen auf den Fußballplatz und telefonieren unsere Mannschaft zusammen!«

Wie wir auf den Fußballplatz gekommen sind, ist der Papa in die Kantine gelaufen und hat sich sofort das Telefon gekrallt und bei allen Mannschaftskameraden von mir angerufen und sie zu einer dringenden Spielerbesprechung in die Sportplatzkantine beordert.

Die sind auch gleich alle gekommen und der Rübler Sascha hat meinen Papa verwundert gefragt, was denn die vielen Mädchen auf unserem Fußballplatz machen, warum sie wie die Praterhutschpferde im Kreis traben und meine Mama dazu auf einer Trillerpfeife pfeift.

Der Papa hat seine Lob- und Motivationsrede kurz unterbrochen und ist aus der Kantine hinausgestürzt und hat gerufen: »Bitte, das Benützen der Sportanlagen ist nur für Vereinsmitglieder gestattet!« Wir sind auch alle aus der Kantine herausgelaufen, weil wir neugierig waren, was sich auf dem Fußballplatz abspielt. Der Papa hat noch weitergemeckert und der Wastl hat dauernd lautstark verkündet, dass der Papa Recht hat. Wie der Wastl mit dem Rechtgeben fertig war, haben auch wir anderen beifällig gemurmelt. Doch die Mama hat uns gar nicht einmal zugehört und immer nur gerufen: »Schneller, Mädels, das muss schneller gehen!«

Der Papa hat gesagt, wir sollen alle sofort nach Hause gehen und uns unsere Fußballsachen holen, weil wenn die Damentruppe fertig ist, werden wir zu trainieren anfangen bis »die Schwarte kracht«.

Wir haben dann jeden Nachmittag, nach den Hausaufgaben, wie die Blöden trainiert: Laufen, Sprinten, Ballführen, Standardsituationen, Dehnungsübungen, bis uns alles wehgetan hat. Die Mama hat mit ihrer Mädchenmannschaft anscheinend genauso hart trainiert, weil die Babsi immer total geschlaucht nach Hause gekommen ist.

Natürlich war das »Spiel der Spiele« auch in den Schulpausen Gesprächsthema Nummer eins. Plötzlich haben sich nämlich in der Klasse zwei Lager gebildet: Mädchen und Buben! Sogar unter den Lehrern war eine gewisse Spannung bemerkbar. Es hat sich zum Beispiel herausgestellt, dass nicht nur wir, die Buben, im Turnunterricht ein streng geheimes Trainingsprogramm gemacht haben, sondern auch die Mädchen haben statt Volleyball und Handball Freistöße und Flanken trainiert.

Die Musiklehrerin hat mit uns Fußballlieder gesungen und verändert. So ist bei ihr nicht der »Theodor im Fußballtor« gestanden, sondern die »Theodora im Fußballtor da«. Sie hat auch ein uraltes Lied ausgegraben, das geheißen hat: »Schön ist so ein Ringelspiel – das is a Hetz und kost' net viel!« Das hat jemand in den Zwanzigerjahren auf einen berühmten Rapid-Spieler umgedichtet, der Uridil geheißen hat, und der Text war dann so: »Heute spielt der Uridil – das is a Hetz und kost' net viel!« Das hat sie mit uns dann so gesungen: »Heute spieln die Mädels auf – die Buben die kriegen eine drauf!«

Das war natürlich uns Buben nicht recht, weil wir ja auch mitsingen haben müssen, damit wir keine schlechte Musiknote bekommen. Die Musiknote hebt nämlich, neben der Religions- und Zeichennote, den Durchschnitt gewaltig und kann einem Durchschnittszeugnis durchaus einen gewissen Schliff geben.

Dafür haben die Mädchen in Geschichte ihren Teil abgekriegt, als der Geschichtsprof mit bebender Stimme verkündet hat, dass es ein Mann war, der 1978 bei der Fußballweltmeisterschaft in Argentinien die deutsche Mannschaft mit zwei Traumtoren nach Hause geschickt hat. »Ein Mann, eine Krone der Schöpfung, mit Namen Hans Krankl, hat den Erbfeind glanzvoll überwunden!«, hat er gedonnert! Leider haben sich die Mädchen nicht darüber geärgert und die Buben nicht darüber gefreut, weil keiner ein Wort verstanden hat, schon gar nicht, was ein »Erbfeind« sein soll.

Doch den Vogel hat natürlich die Pinklawa abgeschossen, die den Steffi vor versammelter Klasse angebrüllt hat: »a Quadrat plus b Quadrat ist c Quadrat, du Badkicker!!!« Da haben aber alle lachen müssen.

Aber nicht nur die Lehrer haben sich das Spiel so zu Herzen genommen, auch die Schülerkolleginnen und -kollegen haben gegenseitig gestichelt wie die Blöden. Dauernd hat es Reibereien gegeben. Bei der Schulmilchausgabe hat die Tamara Meier dem Fuchs Alexander ein Haxl gestellt und ihn angekichert: »Trink lieber zwei Kakao, damit du ordentlich Kraft kriegst, weil die wirst brauchen!«

Dann hat sich der Wastl heimlich in den Mädchenturnsaal geschlichen, um die Trainingsmethoden der Mädchen auszuspionieren. Was dazu geführt hat, dass er beim Davonlaufen vor zwei Mädchen fast die zierliche Frau Turnprofessor Zwergl umgerannt hat, die ihm dann nicht glauben wollte, dass er sich eigentlich nur erkundigen wollte, ob alle Mädchen eh brav trainieren. Sie hat ihn angebrüllt: »Das wirst du dann nächstes Wochenende schon merken! Du Früchtchen!«

Dauernd war irgendetwas. Die Schule war eigentlich nicht mehr sehr lustig. Jede hat jeden und jeder hat jede nur mehr durch die fußballerische Brille gesehen. Das ist sogar so weit gegangen, dass man mich als Spion hingestellt hat, nur weil meine blunzenstrickende Schwester, die ja bei den Gegnern spielt, mit mir unter einem Dach wohnt. Ich habe ja wirklich nicht im Zelt schlafen können bis zu dem Spiel. Einmal habe ich probiert, mich bei der Plott Evi wegen der Geschichte im Eissalon zu entschuldigen, aber die hat nur gesagt: »Nach dem Spiel können wir weiterreden, aber jetzt nicht! Sei froh, wenn du nicht als Verlierer vom Platz gehst! Weil wir werden euch Angebern ordentlich einheizen!«

Am letzten Nachmittag vor dem Spiel haben wir noch ein Training gemacht. Die Mädchenmannschaft hat den Nachmittag zum »Relaxen« freigehabt und ist gemeinsam mit der Mama in den Prater gegangen. Doch wir waren alle schon so aufgeregt, wegen einer möglichen Niederlage. Wir haben so herumgeschusselt, dass der Papa gesagt hat, wir sollen auch »relaxen« und in der Kantine Tischfußball spielen.

Dort haben wir ein Turnier gemacht und das Finale hat der Papa gegen den Wastl knapp mit sechs zu vier verloren, wobei der Wastl so wild gespielt hat, dass der Wuzelautomat dauernd verschoben worden ist und der Papa behauptet hat, dass ihn der wackelnde Wuzler an der vollen Entfaltung seiner wuzlerischen Fähigkeiten hindert. Am Abend vor dem Match hat der Papa seine alten Platten gesucht und gesagt, dass es ein wahres Fest sein wird, wenn er endlich einmal ohne »töchterliches Gezeter« seine Platten wird spielen können, und die Mama hat dem Papa ein Kochbuch unter die Nase gehalten und gesagt, er soll sich lieber schon einmal damit vertraut machen. Der Papa ist schmollend in sein Arbeitszimmer gegangen.

Nach fünf Minuten hat er aber mit hochrotem Kopf wieder rauslaufen müssen, weil die Babsi die Kelly Family voll laut aufgedreht hat. Der Papa hat die Babsi gefragt, ob sie verrückt geworden ist, und die Babsi hat dem Papa erklärt, dass sie nur einen Soundcheck macht, damit sie morgen nach dem Spiel gleich ordentlich loslegen kann. Dann ist der Papa noch zum Telefon gegangen und hat alle seine Spieler für neun Uhr in der Früh, für eine taktische Besprechung mit anschließendem leichtem Aufwärmen, auf den Platz bestellt und ins Bett geschickt. Mich auch gleich, aber ohne Telefon. Die Mama hat dasselbe mit ihren Spielerinnen gemacht. Nach dem telefonischen Sandmännchenspielen haben sich die Mama und der Papa noch darüber gestritten, wer zuerst die taktische Besprechung in der Kantine abhalten darf. Ich habe vorgeschlagen, dass die Mama und der Papa mit der unsinnigen Streiterei aufhören sollen, weil man in der Kantine sowieso keine ordentliche Besprechung machen kann, weil im Hintergrund immer das blöde Radio plärrt. »Für die geheimen Taktikbesprechungen sind, bitte sehr, die Mannschaftskabinen da, weil da ist es leiser und man ist unter sich.«

Der Papa hat gezetert, ich soll mich nicht einmischen und sein taktisches Konzept nicht in Frage stellen. Doch die Mama hat gerührt verkündet, dass in meinem Fall der Apfel Gott sei Dank recht weit weg vom Stamm fällt und dass ich ein sehr gescheiter Bub bin und ganz ihr Kind. Mir ist das ganze Hickhack aber schon gehörig auf die Nerven gegangen, weil ich schließlich von beiden das Kind bin.

Am nächsten Morgen hat mich der Papa um sieben Uhr früh aus den Federn getrieben und gemeint, ich soll mich beeilen, damit wir nicht zu spät auf den Platz kommen, weil die Mama und die Babsi wahrscheinlich mit der gesamten Mädchenmannschaft schon seit einer halben Stunde auf dem Fußballplatz sind und Lockerungsübungen machen. Im Dauerlauf sind der Papa und ich zum Fußballplatz gejoggt. Um Punkt acht sind wir keuchend vor den verschlossenen Türen vom Fußballplatz gestanden und haben Daumen gedreht, bis um halb neun der Platzwart gekommen ist und uns reingelassen hat.

Später hat sich herausgestellt, dass die Mama nur zum Wessely-Bäcker gegangen ist, um frische Semmeln zu kaufen. Wir haben zwar eh noch Brot zu Hause gehabt, aber die Mama ist so begeistert gewesen, dass der Wessely auch am Sonntag offen hat, dass sie trotzdem Semmeln gekauft hat. Da werden sich die Enten beim Heustadlwasser sämtliche Plattfüße ausfreuen, weil zwanzig Semmeln essen wir in ein paar Wochen nicht.

Das Schlagerspiel —
1. Halbzeit

Kaum waren die Türen offen, ist der Papa auf den Platz gerast und hat Bodenproben entnommen, den Rasen befühlt und mir zugerufen: »Joseph, wir treten heute besser mit Noppenschuhen an, weil wir ziemlich harte Bodenverhältnisse haben!« Er hat sich dann selber Noppenschuhe angezogen und ist probehalber ein paar Mal auf dem Platz hin und her gelaufen. Zwischendurch hat er sich gebückt, um noch mehr Bodenproben zu entnehmen. Dann ist die Mama mit der Babsi gekommen und hat mit dem Platzwart getuschelt. Zwei Minuten später hat sich die Rasenbewässerungsanlage eingeschaltet und der Papa war mitsamt seinen Bodenproben waschelnass und hat giftig zum Platzwart geschaut, der eine irrsinnige Hetz deswegen gehabt hat. Die Mama hat gerufen: »Danke, Herr Traxler, das reicht dann! Größer wird er sowieso nicht mehr!«

Nach und nach sind auch die Spieler von der Bubenmannschaft gekommen und der Papa war grantig, weil ihn jeder Bub gefragt hat, warum er so nass ist, wo wir doch ein super Wetter haben und ideale Verhältnisse. Der Papa hat nichts gesagt, sondern nur von der »Unbill jeglicher Witterung« gefaselt. Mein Papa redet oft so, dass ihn keiner versteht, deswegen hat ihn auch keiner von meinen Mannschaftskameraden gefragt, was eine »Unbill« bei einer »jeglichen Witterung« ist.

Wie dann die ersten Mädchen gekommen sind, hat der Papa gesagt, wir sollen schnell in die Kabinen gehen, weil es eine Mannschaftsgeheimtaktikbesprechung gibt, welche die blöden Gören ja nicht unbedingt hören müssen. Da hat unser Tormann, der Wastl, aber doch gefragt: »Bitte Herr Netzwerker, was ist denn das, ein Gör?«

Der Papa hat gemeint, dass der Wastl da noch früh genug draufkommen wird, spätestens wenn er Vater ist und ein solches zu Hause hat. Der Wastl ist kopfschüttelnd in die Kabine gegangen und hat gemurmelt, dass er doch nicht blöd ist und Vater wird, weil er sowieso Kapitän auf einem Kriegsschiff werden will.

Der Papa hat uns in die Kabine getrieben und dort ganz leise zu flüstern begonnen: »Also! Wir werden zuerst eher defensiv beginnen und dem Gegner die Offensive überlassen. Die Außenverteidiger sollen das Mittelfeld mit Steilvorlagen bedienen, die das Mittelfeld zu den Stürmerreihen verlängert, die dann über die Flanken zum Angriff übergehen sollen!« Der Hirsch Felix hat den Papa gebeten, dass er etwas lauter sprechen möge, weil man kein Wort versteht. Der Papa hat den Felix angeschaut, sich geräuspert, ein Hustenzuckerl in den Mund gesteckt und hat wei-

ter erklärt: »Der Mittelstürmer verhält sich in Strafraum-
nähe in Lauerstellung und passt gleichzeitig auf, dass er
nicht in eine etwaige Abseitsfalle des Gegners tappt!«

Diesmal war es der Wastl, der den Papa ersucht hat, sein
Hustenzuckerl auszuspucken, weil man vor lauter Lutsch-
geräuschen überhaupt nichts von dem verstehen kann, was
uns der Papa mitzuteilen versucht. Der Papa hat sich wieder geräuspert, das Hustenzuckerl unter den Sitz von seinem Sessel geklebt und mit seinen Erklärungen fortgesetzt:
»Haben wir so ein rasches Führungstor erzielt, werden die
Innenverteidiger aufrücken und wir gehen in die Offensive
und versuchen mit fünf, sechs weiteren Treffern den Sack
zuzumachen und der Tormann soll durch weite Ausschüsse
Raum gewinnen, wobei ich glaube, dass der Tormann nicht
sehr oft den Ball sehen wird, da in Anbetracht des inferio-
ren Gegners die Wiese eine gemähte welche ist, hähähähä-
hähä!«

Wir haben uns angeschaut und begeistert genickt und
auch »Hähähähähä« gemacht, weil der Papa genauso geredet hat wie der Teamchef vom Nationalteam im Fernsehen vor einem wichtigen Spiel. Verstanden haben wir zwar
nicht alles, aber es hat wirklich super geklungen und der
Rübler Sascha hat brav wiederholt: »Super, Herr Netzwerker, genauso machen wir das. Wie die Nationalmannschaft.
Wir mähen die Wiese durch steile Flanken und gehen mit
fünf, sechs Säcken in die Offensive!«

Dann haben wir alle noch unser Vereinslied gesungen,

das der Papa für uns gedichtet hat: Die Melodie ist von »Ein Vogel wollte Hochzeit machen!«:

»Ob Tormann oder Mittelfeld,
bei uns ist jeder Bursch ein Held! –
Widiralala
Ob Stürmer ob Verteidiger,
bei uns gibt's keinen Eierbär! –
Widiralala
Ob Trainer oder Assistent,
ein jeder wie der Teufel rennt! –
Widiralala
Ole! Oleoleoleole!«

Dann sind wir hinausgelaufen und der Papa hat sich eine Zigarette angezündet und ganz hastig geraucht. Wie wir auf das Spielfeld gekommen sind, waren die Mädels schon am Aufwärmen und die Zuschauer waren auch schon da. Auf der einen Seite waren Mütter, Tanten, Schwestern, Omas und mein Opa, auf der anderen Seite waren Väter, Onkel und Brüder. Alle haben einen Mordslärm gemacht, nur mein Opa ist still unter den brüllenden Omas gesessen und hat beleidigt dreingeschaut und die Hände vor der Brust verschränkt. Er wäre nämlich lieber krakeelend auf der »Männertribüne« gesessen. Doch die Oma hat ihm das verboten, weil ein echter »Kavalier alter Schule« immer an der Seite seiner Frau bleibt. Das ist nämlich, laut Oma, ein »Gehörtsich«.

Vor der weiblichen Fantribüne ist die Pinklawa gestan-

den, hat eine Faust in die Höhe gestreckt und gebrüllt: »Frau-en-po-wer! Frau-en-po-wer!«

Der Platzwart Traxler war der Schiedsrichter und hat die Kapitäne in die Mitte gebeten und wir haben in der ersten Halbzeit gegen die Sonne spielen müssen. Wir haben dafür Auflage gehabt und wollten gleich die Stürmerreihen mit Steilvorlagen bedienen, da hat aber die Plott Evi dem Rübler Sascha den Ball weggenommen und blitzschnell zur Babsi, der Blunzenstrickerin, gepasst. Die hat dann den Hirsch Felix geschickt aussteigen lassen und hat zur Köpf Cordi gepasst, die ist mit dem Ball zum Sechzehner gelaufen und hat einen Mordshadern losgelassen, dass der Wastl mitsamt dem Ball ins Tor geflogen ist. Wir sind alle gestanden wie die Maikäfer, wenn es blitzt, und haben den Mädchen beim Jubeln zugeschaut.

Der Papa hat »Abseits! Abseits!« gerufen und der Schiedsrichter hat den Papa ermahnt. Dann hat das Spiel etwas an Farbe verloren und es haben sich nur etliche Zweikämpfe im Mittelfeld entwickelt, aber die waren mehr Krampf als Kampf. Einziger Höhepunkt war nur ein Kopfballduell zwischen dem Fuchs Alexander und der Köpf Cordi, weil keiner den Ball getroffen hat und die Köpf Cordi auf den Fuchs Alexander draufgeplumpst ist, dass der zwei Minuten keuchend im Mittelkreis gelegen ist und nur gehustet hat. Kurz vor der Pause haben wir endlich eine Steilvorlage zusammengebracht und der Krc Nepomuk hat dem Unger Willi eine Superflanke hinein in den Strafraum gegeben. Der Unger Willi

hat super geköpfelt, doch der Ball ist knapp über das Tor gegangen, der Papa hat: »Foul! Foul! Elfmeter!«, geschrien
und der Schiedsrichter hat gesagt: »Herr Netzwerker, wenn
Sie sich nicht sofort beruhigen und mit der Herumplärrerei
aufhören, setz ich Sie eigenhändig in die letzte Tribünen-
reihe, und zwar in den Damensektor!«

Da war der Papa sofort ruhig und der Schiedsrichter hat
zur Pause gepfiffen.

Die Mädels sind jubelnd auf die Mama zugelaufen und
wir sind mit hängenden Köpfen zum Papa hin. In der Kabine hat der Papa gesagt, dass es lobenswert ist, wenn wir
Tschentlmänner sind, aber in der zweiten Hälfte sollen wir
schauen, dass wir die Mädchen nach Hause schießen, sonst
kann er nicht mehr ins Geschäft gehen, weil ihn alle am
Weg dorthin auslachen werden, und seine Kunden sowieso.
Und wir wären außerdem auch eine Schande für alle männ-
lichen Fußballer auf der Welt! Mit keinem Wort hat der
Papa erwähnt, dass die Eins-zu-Null-Führung der Mädchen
verdient war.

Plötzlich hat die Mama den Kopf zur Türe reingesteckt
und den Papa gefragt: »Na, gebts ihr freiwillig auf oder
wollts noch ein paar Türln?«

Der Papa hat die Mama angebrüllt: »Verunsichere mir
meine Mannschaft nicht! Außerdem werdet ihr euch in der
zweiten Halbzeit ordentlich wundern! Ich habe bereits ein
völlig anderes taktisches Konzept parat, das dir und deinen
Mädchen gehörig die Suppe versalzen wird!« Dann hat er

den Unger Willi gegen den Pistulka Ernsti ausgetauscht und mir und dem Budler Steffi gesagt, dass wir mehr für die Offensive tun sollen. Der Budler Steffi hätte nämlich mehr Bälle von hinten nach vorne schießen sollen und ich hätte diese Bälle gefälligst erlaufen sollen.

Das Schlagerspiel —
2. Halbzeit

Der Schiedsrichter hat den Kopf bei der Türe hineingesteckt und gefragt, ob wir noch bis Weihnachten warten wollen und ob wir die zweite Halbzeit noch heuer spielen wollen. Der Papa ist ganz rot im Gesicht geworden und hat nur gezischt: »Hopphopphopp raus mit euch!«

Wir sind raus und der Schiedsrichter hat die zweite Hälfte angepfiffen.

Der Krc Nepomuk und ich haben einen Angriff vorgetragen und der Krc Nepomuk hat dann überraschend vor der gegnerischen Strafraumgrenze zum Budler Steffi auf die Seite gepasst. Der hat blitzschnell übernasert, dass der Pistulka Ernstl in der Mitte frei steht, und hat zu ihm geflankt und der Pistulka Ernstl hat einen supertollen Fallrückzieher gemacht und der Ball war im Damentor. Die Mama hat den Mund weit aufgerissen und der Papa hat »Suuuuper Ernstl!« gerufen und wir haben uns alle gefreut. Auf der Männertribüne war der Bär los. Mit Füßen wurde getrampelt und Hüte sind in die Luft geflogen. Auch der Opa ist von seinem Sitz aufgesprungen und hat laut »Hurra!« gebrüllt. Leider hab ich dann nicht das Malheur beobachten

84

können, das dem Opa passiert ist. Die Mama hat es mir aber nachher erzählt und ist dabei aus dem Lachen nicht herausgekommen. Während dem Opa seinem Hurragebrüll ist ihm der obere Teil seines brandneuen falschen Gebisses rausgefallen, weil es noch nicht richtig gepasst hat. Dem Opa war das peinlich und er wollte sich das Gebiss blitzschnell und unauffällig wieder in den Mund stecken. Er hat es also vom Boden aufgehoben. Doch bevor er es sich in den Mund stecken konnte, hat es ihm die Oma aus der Hand gerissen und ihm irgendetwas von »Bakterienverseuchung« ins Ohr gebrüllt. Dann hat sie das Gebiss mit einem Erfrischungstuch abgewischt und es dem verdutzten Opa wieder in den Mund gewuchtet. Während sich der Opa auf der Tribüne mit seinen Zähnen abgestrudelt hat, haben wir auf dem Spielfeld weiter angegriffen.

Die Mädchen haben sich aber überhaupt nicht beeindrucken lassen und sind ebenfalls weitergestürmt und unsere Verteidigung ist ziemlich ins Schwitzen gekommen. Zehn Minuten vor Ende des Spieles ist dann die Hinterhofer Kathi überraschend über die Mitte gekommen und hat sich durch unsere Verteidigung durchgetankt, dass der Budler Steffi und der Schebesta Schorschi umgefallen sind wie die Strohhalme.

Der Papa hat wieder »Foul! Foul!« gerufen, doch der Schiedsrichter hat sich nicht darum geschert und die Kathi ist schnaufend immer näher zu unserem Tor gelaufen.

Der Wastl ist von einem Bein auf das andere gehüpft und

hat ängstlich geschaut. Wie die Kathi schon im Strafraum war, ist der Wastl aus dem Tor gelaufen, um der Kathi den Schusswinkel abzukürzen, und hat sich blitzschnell vor ihr auf den Boden geworfen, um ihr den Ball wegzunehmen. Versehentlich hat der Wastl nach dem Bein von der Hinterhofer Kathi gegriffen, die Kathi ist hingefallen und auf den Wastl drauf. Der Wastl hat »Uff!« gezischt, der Schiedsrichter hat abgepfiffen und auf Elfmeter für die Damen entschieden!

Der Papa hat »Schiebung!« gebrüllt und der Schiedsrichter hat den tobenden Papa auf die Zuschauertribüne in die letzte Reihe gesetzt. Natürlich in den Damensektor. Die Mama ist aufgesprungen und hat ihre Daumen gedrückt und der Papa hat versucht, sein Trainerkapperl zu essen. Die Plott Evi hat sich den Ball hergerichtet und einen urlangen Anlauf genommen. Es war ganz still und man hat nur den Wind rauschen gehört und den Budler Steffi furzen, weil der das immer macht, wenn er sehr aufgeregt ist.

Der Schiedsrichter hat den Ball freigegeben und die Evi ist angelaufen. Der Wastl hat den Ball fixiert. Die Evi hat den Ball getreten. Der Ball ist in Richtung linkes Eck geflogen. Der Wastl ist abgesprungen und ebenfalls in Richtung linkes Eck gesaust. Der Budler Steffi ist knallrot im Gesicht geworden und verlegen lächelnd vom Platz gelaufen. Der Ball war immer noch in der Luft. Er hätte genau gepasst. Der fliegende Wastl hat sich immer mehr gestreckt und gestreckt. Der Ball hat seine Fingerspitzen berührt. Den Mäd-

chen ist der Torjubel im Hals stecken geblieben und der Ball ist vom Wastl zum Corner abgelenkt worden. Der Wastl ist auf dem Boden gelegen und hat beide Arme in die Höhe gerissen. Der Papa hat geplärrt: »Suuuuper Wastl!« Die Mama hat den Kopf geschüttelt, und die Plott Evi hat »Dreck, elendiger!« geflucht. Der Schiedsrichter hat zum Corner gepfiffen, doch der hat nichts eingebracht. Wir haben dann noch probiert, eine Schlussoffensive zu starten. Doch auch die war leider ergebnislos.

Der Budler Steffi ist für die letzten paar Minuten mit einer frischen Hose aufs Spielfeld gekommen. Aber getan hat sich nichts Wesentliches mehr. Wir waren richtig erleichtert, wie der Schiedsrichter das Spiel endlich abgepfiffen hat.

Paradeiserrotes Finale

Nach dem Spiel haben sich die Mannschaftskapitäne und die Mama als Betreuerin der Damenmannschaft beim Platzwart Traxler bedankt und ihm gesagt, dass er ein fairer Schiedsrichter gewesen ist. Der Papa hat sich beim Platzwart Traxler nicht bedankt, sondern wollte die Rasenbewässerungsanlage aufdrehen, damit der Traxler nass wird. Aber weil der Haupthahn abgedreht war, sind alle trocken geblieben und der Platzwart hat den Papa ausgelacht. Er hat so lange gelacht, bis der Papa auch gelacht hat und sie sich gegenseitig auf die Schulter geklopft haben. Die Mama hat dem Papa auf die andere Schulter geklopft und ihm ein Busserl gegeben. Dann sind sie in die Kantine gegangen, damit sie sich beraten, was jetzt, da nur ein Unentschieden herausgekommen ist, mit der Wette geschehen soll. Es war alles heppi-peppi!

Wir haben den Mädchen zu ihrer guten Leistung gratuliert und sie uns.

Ich war ein bisschen aufgeregt, weil doch die Evi zu mir gesagt hat, dass sie nach dem Spiel wieder mit mir reden wird. Aber ich hab nicht gewusst, wie ich es angehen soll. Während ich noch überlegt hab, was ich ihr denn Nettes sagen könnte, ist die Evi plötzlich vor mir gestanden und hat gegrinst: »Na, du Wapplerschlumpf? Wie war das mit den depperten Mädchen?«

Mir ist ganz mulmig geworden und mehr als »Stimmt eh nicht…« hab ich nicht herausgebracht, weil mir die ganze Geschichte so peinlich war! Da hat mir die Evi ein Busserl auf die Wange gedrückt, die Köpf Cordi hat gekichert und dem Budler Steffi und dem Wastl sind die Kinnladen runtergefallen.

Und ich hab mich gefühlt wie ein Paradeiserkopf im Paradies.

Nach einigem Hin und Her haben sich die Mama und der Papa auf folgende Abmachungen geeinigt: Musikmäßig wird es bei uns zu Hause jetzt so ausschauen, dass sowohl der Papa als auch die Babsi zu Hause jeweils an zwei Tagen in der Woche die Musik auflegen dürfen, die sie wollen, und an zwei Tagen die Mama und ich. Aber der Mama und mir ist das eh wurscht und ich gebe der Babsi oder dem Papa gern noch einen Tag von meinen dazu, wenn sie dafür an meinem Geschirrabwaschtag Geschirr abwaschen.

Die Mama und der Papa haben sich weiters darauf geeinigt, dass wir ein großes Fußballerinnen-Fußballer-Fest machen werden, wo jeder alles tun muss, und zwar, weil es gemacht gehört, und nicht, weil die einen Arbeiten »Frauensache« sind und die anderen Arbeiten »Männersache«. Sie haben zum Beispiel ausgemacht, dass ich mit dem Papa die Hendeln grillen werde, und die Plott Evi hat gesagt, dass sie mir beim Hendlgrillen helfen wird. Ich glaube, das wird ein Superfest.

Leider wird die Babsi für die musikalische Untermalung sorgen. Aber das wird auch zu packen sein. Wenn es mir zu blöd wird, dann zieh ich einfach den Stecker aus der Stereoanlage oder bitte den Tschango, dass er ein paar von seinen »Rack-ent-Roll-Hadern« spielt, die er mir sonst immer nur vorsingt. Aber er soll welche spielen, wo ganz oft »A Wababalubabalabbängbuum« vorkommt, weil das das Einzige ist vom Text, was ich verstehe. Und dann kann ich mitplärren.

So, jetzt muss ich aber leider zu erzählen aufhören, denn der Papa, die Evi und ich haben für heute Abend ein Probegrillen angesetzt und ich hör den Papa schon rufen, dass ich mich beeilen soll, weil: Wer »zögerlich zum Grillen geht, der kommt dann auch zum Essen z'spät und das ist ein riesen Gfrett!«

A Wababalubabalabbängbuum!!!!

Ein paar Fachausdrücke

Der Tscho ist ein totaler Fußballexperte und verwendet daher auch einige fußballerische Fachausdrücke, die vielleicht nicht ein jeder gleich versteht! Ich habe den Tscho gebeten, mir die wichtigsten Ausdrücke zu erklären. Wer es trotzdem nicht genau versteht, möge sich bitte an die Fußballexperten in der Familie wenden.

Die fußballerischen Fachausdrücke:

ABSEITS: Da gibt's meistens die vollen Streitereien, weil niemand gerne zugibt, dass er im Abseits war (also als Stürmer ohne Ball hinter den Verteidigern gewesen ist), oder weil dauernd reklamiert wird, dass jemand im Abseits ist (als überdribbelter Verteidiger, der auf den Stürmer angefressen ist, weil der schneller war als er selbst).

ABSEITSFALLE: Blitzkneißerische Verteidiger laufen ganz schnell vor die angreifenden Stürmer, damit die dann plötzlich im Abseits stehen. Wenn jetzt noch der Schiedsrichter die Abseitsfalle überreißt, ist alles dulli, wenn nicht – siehe Abseits.

AUFLAGE: Anstoß

AUSSENVERTEIDIGER: Das sind die Verteidiger, die an den Seiten herumlaufen.

BADKICKER: Das ist einer, der nur im Bad kickt! Bloßfüßig und mit einer Badehose und recht eingeölt. So ein Badkicker macht nix wie Kunststückln und glaubt, das ist das Einzige, worauf es ankommt beim Fußball.

CORNER: Das ist meistens eine Supertorchance, wenn man jemanden hat, der gut flanken kann. Einen Corner kriegt man, wenn einer von den Verteidigern den Ball hinter das eigene Tor schießt. Getreten wird ein Corner von einer der Cornerfahnen, die sich an den vier Ecken des Spielfeldes befinden.

FLANKE: Wenn ein Spieler den Ball von der Seite hoch in den Strafraum spielt, damit ihn ein (möglichst befreundeter) Spieler mit dem Kopf ins (möglichst richtige) Tor bugsieren kann. Ein Corner zum Beispiel ist eine typische Flankensituation.

HADERN: Ein »Hadern« kann ein tolles Lied sein (eher alt), aber wir sagen auch »Hadern« zu tollen und festen Schüssen.

HANAPPI-STADION: Traditionelle Heimstätte des SK Rapid Wien, benannt nach dem leider allzu früh verstorbenen Gerhard Hanappi, einem wirklich großen Fußballer und »Rapidler«.

PARADE: Wenn der Tormann einen Bombenschuss des Gegners ursuper abwehrt und ihm dann alle Verteidiger begeistert auf die Schulter klopfen und der Stürmer verblüfft dreinschaut.

PLATZWART: Ein Rasenmäher und Rasenbewässerer auf zwei Beinen, ohne den ein Fußballplatz ausschauen würde wie eine Gstettn (Halde).

SECHZEHNER: Schlicht und herzergreifend der Strafraum, wo der Tormann den Ball auch in die Hände nehmen darf.

»SEIN LEIBERL BEHALTEN«: Einen fixen Platz in der Mannschaft behalten.

STANDARDSITUATION: Immer wenn der Schiedsrichter das Spiel abpfeift, bleiben alle stehen und schauen ihn ungläubig an! Noch ungläubiger schauen die Spieler, wenn der Schiedsrichter auf: Out, Corner, Abstoß, Elfmeter, Freistoß ... entscheidet. Was auf diese Entscheidung folgt, nennt man Standardsituation.

STEILVORLAGE: Ein weiter Pass nach vorne, den der Stürmer kaum erlaufen kann. Schafft er es trotzdem, ist er ein Held und seine Mannschaft hat sehr viel Raum gewonnen. Schafft er es nicht, ist er entweder ein »unbeweglicher Klotz«, ein »Versager« – oder der Spieler, der die Steilvorlage gegeben hat, beruft sich auf starken Wind. Natürlich kann auch der Stürmer den Steilvorlagengeber beschimpfen und ihn fragen, ob er ihn zufällig mit der Concorde verwechselt.

TSCHO-ROLLE: besonders toller Torjubel. Man schlägt einen Salto. Als Erfinder gilt der Mexikaner Hugo Sanchez (Sanchez-Rolle). Wurde oft kopiert, doch die Eleganz wurde nie erreicht. Ein eher unrühmliches Beispiel wäre der Österreicher Ralph Hasenhüttel (Hasi-Rolle), der sich komischerweise noch immer nicht ernstlich dabei verletzt hat. Ein treffenderer Name wäre hier der »Eingesessene Hasenhüttel-Rollmops«.

TÜRL: hier: Tor, Goal. Wenn man eines schießt, hat man einen Punkt und darf jubeln wie die Stürmer im Fernsehen.